Für Themba und Jabu

Danke José Muñoz
und Benita Steinhardt

1

Desmond Mabaso kannte die Frau nicht, die bei strömendem Regen aus ihrem Buick stieg. Aber sie kam seinetwegen, das wußte er sofort. Sie wollte ihn, oder jeden anderen schwarzen Mann. Eine Frau aus gutem Hause auf Beutezug. Eine unglückliche, scharfe, ordinäre Schönheit.
Desmond erinnerte sich an wohlhabende Frauen in Sandton und Parkwood, *white ladies,* die es mit ihren *black boys* trieben – einmal und nie wieder. Die weiße Dienstherrin, die sich plötzlich den Gärtner angelte und zwei Fliegen mit einer Klappe schlug. Die schon immer wissen wollte, wie es die Schwarzen machen, und schon lange erleben wollte, wie der Ehemann reagieren würde. Er würde aus seinem Johannesburger Büroturm nach Hause kommen, verspätet, wie so häufig in letzter Zeit, würde aus seinem BMW steigen, ihr am Pool einen flüchtigen Kuß geben und sich entschuldigen. Ein Arbeitsessen in Hillbrow. Na, du weißt ja, wie es ist. Sie würde sagen, ja, ich weiß. Hillbrow, Twiststreet, Nachtlokale, viel Vergnügen. Er würde es überhören und in den Pool springen. Sie würde sich mit den Worten, Bertus, ich war schon vor dir im Wasser, über den Beckenrand lehnen. Wie schön, würde er in Rückenlage antworten. Mit Jonah, dem Gärtner, würde sie hinzufügen. Der Ehemann würde viel Wasser schlucken, zum Beckenrand strampeln und ausrasten, wie noch nie. Er würde sich wie erwartet erniedrigt fühlen, von dem Gedanken getrieben, einer höheren Kulturstufe anzugehören. Du und der Kaffer! Mit einem Bantu Nigger! Ich bringe ihn um! Jonah ist nicht mehr da, würde sie trocken antwor-

ten, ich habe ihn gefeuert. Darauf würden sie viele Sundowner auf der Terrasse trinken und eine reizende Nacht verleben. Gemeinsam. Wie schon lange nicht mehr.

Desmond schauderte es. Oh, Boy. Das passierte alle Nase lang, aus Langeweile und Machthunger. Doch hier war nicht Sandton, Johannesburg, sondern Hamburg, St. Pauli. Er stand in der BAR CHRISTOBAL, schrubbte und wienerte, und Bruno Guzmann, der Barkeeper, machte Kasse. Feierabend, wie jede Nacht.

Bruno war ein hagerer, smarter Mittvierziger im klassischen Barkeeperoutfit, abgeklärt und clever. Er mixte Gin Fizz und Daiquiri wie kein Zweiter und redete nur das Nötigste.

»Schlaf nicht ein«, sagte er zu Desmond und zählte weiter.

Desmond schlief nicht. Er sah die Frau durch den Regen huschen und zielstrebig auf die Bar zusteuern. Sehr zielstrebig. Er wollte sich nicht provozieren lassen, einen klaren Kopf behalten, und hoffte inständig, Bruno würde sie rechtzeitig vor die Tür setzen. Fahrig fuhr er sich mit dem Gummihandschuh durch die kurzen, abstehenden Rastalocken.

Die Frau stolzierte in die Bar, in ihrem Schlepptau ein triefender Köter, der sich die Nässe abschüttelte. Ein Hundewetter. Die Frau beeindruckte Desmond mehr, als ihm lieb war. Typ Jane Russel, die Filmgöttin. Langbeinig, vollbusig, mit dem mondän-verschlafenen Nirwanablick. Starrt irgendwohin, aber hat dich schon beim Wickel. Verschlingt dich so nebenbei. Jetzt machen wir los, Bubi, aber in Gedanken sind wir schon beim Übermorgen.

Jane, die zweite, setzte sich auf einen Drehstuhl an der Bar, bestellte Sandwich und Anisschnaps und er-

widerte Desmonds verstohlenen Blick. Auf seiner Stirn bildeten sich Schweißperlen, während ihre Promenadenmischung an seiner Hose schnupperte. Sie lächelte. Fühl dich bloß nicht angesprochen, dachte Desmond.
»Hast du Führerschein?«
»Wieso?« entfuhr es ihm.
»Du fährst, und ich trinke.«
»Danke, nein.«
»Du bist mein Typ. Hundertprozentig!«
»Aha.«
»20 Bars habe ich nach dir abgesucht.«
»Nach mir?« Nach mir, oder jedem anderen Schwarzen, dachte er. Nimm den Eimer und verdrück dich in die Küche, bevor sie weiterredet.
»Es soll ja Typen unter euch geben, die haben Angst, 'ne weiße Frau anzufassen. In manchen Gegenden ist das ja auch verboten«, sagte sie und warf ihrem Köter das halbe Sandwich hin.
Bruno schielte über den Kassenbon. Endlich, dachte Desmond. Wurde auch Zeit.
»Lassen Sie den Mann zufrieden«, sagte Bruno.
Doch sie ließ sich nicht beirren. Schlug den Mantel etwas zurück, und sah, wie Desmonds Blick ihrer Strumpfnaht nach oben folgte. Blitzschnell drückte sie ihn an sich, umklammerte ihn mit den Beinen, zog mit sicherem Griff eine vollgestopfte Brieftasche aus seiner Jeans und wedelte damit triumphierend herum.
»Du trägst ja alles mit dir herum! Dein heißgeliebter Paß! Photos! Oh, und was ist das? Briefe, persönliche Briefe?« Ihr Blick irrte über das Luftpostpapier. Desmond konnte nichts machen. Sie hielt ihn umschlungen, und er traute sich nicht, grob zu werden.

»Mein Gott«, rief sie, »was ist denn das für eine Sprache? Lassah, Bassah, Massah, Massah!!!«
Bruno zog die Frau energisch zur Seite und schob sie zum Ausgang der Bar. Desmond sah ihr nach. Quietschend setzte sie ihren Buick aus der Parklücke. Wischblätter im Schnellgang, Zigarettenglut und Kußmund. Verschwommene Rücklichter auf der regennassen Straße, wo Sturzbäche den Unrat in die Gullis spülten.
Desmond sammelte seine Papiere zusammen; Bruno ging hinter die Bar zurück und sagte keinen Ton. Wozu auch? Klare Sache. Raus mit der dummen Kuh, Fall erledigt.
Nicht für Desmond. Er dachte noch mal an die Gartenvorstädte Johannesburgs, an die weißen Luxusweiber, die all die Jonahs ins Verderben trieben. In Südafrika, da war sich Desmond sicher, war es nicht der Reiz mit einer weißen Misses zu vögeln, sondern die Angst, es nicht zu tun. Dabei kam es immer auf dasselbe raus: Den Job war man los. So oder so.
Ein Irrsinn, sagte er sich und trat den Schrubberstiel durch. Ein einziger, perverser Irrsinn.

2

9000 km weiter südlich platzte Fats Faniso der Kragen. Er wuchtete gerade extrem schwere Samsonite-Koffer in die Mercedes-Limousine, als Mr. Seltzer, ein steinreicher amerikanischer Hotelgast, ihn höflich bat, alles wieder auszupacken. Seine Frau brau-

che dringend noch mal Beauty Case und Badetasche. Fats runzelte unter dem Pagenkäppi die Stirn. Ein Scheißjob.
Er hatte es in über 9 Jahren vom Hotelboy zum Vize-Portier gebracht, eine steile Karriere für südafrikanische Verhältnisse. 20mal beliebtester Page des Monats, Fats der Kofferkuli, Fats der Spaßvogel, der nette Junge aus dem Ghetto. Er bekam die neue lila Uniform, 20 Rand Lohnerhöhung und durfte nachts den Lift bedienen. Der Expreßlift, der im KALAHARI SUN in den Jet Set Himmel glitt. Zu Stars und Sternchen. Zu Geldgierigen, Topgolfern, abgehalfterten Tenniscracks und Formel-1-Fahrern, die Traumgagen kassierten und den Sportboykott für völlig falsch hielten. »Fats«, sagten sie, wenn sie in ihrer Luxussuite Champagner bestellten, »wir sind dagegen, euer wunderbares Land zu isolieren. Das bringt nichts. Wir sagen der South African Golf Union, seht, wir spielen hier, weil wir davon ausgehen, daß ihr diesen Anachronismus bald abschafft. Wo gibt's denn so was? Weder auf den Taunusanlagen, noch in Florida – nirgendwo, gibt's das.« Sie standen mit einem Cocktail auf der Dachterrasse, Johannesburg zu Füßen und meinten es ernst. Ihre Stimmen wurden überschwenglich und sie fühlten sich als Botschafter der Völkerverständigung.
Fats starrte auf Seltzers Kofferberg. Oyster. Stoßgedämpft und ultraleicht. Ha, ha. Er war wirklich nicht empfindlich, hatte auch noch keine Probleme mit dem Rücken, aber mit Seltzers Frau war es jedes Jahr dieselbe Leier. Hü und hott, reine Schikane. Mr. Seltzer war es sichtlich unangenehm. Er trug einen karierten Pepitahut und ein passendes Jackett dazu, und Fats wußte, was er gleich sagen würde, der propere Ami; konspirativ-kumpelhaft. Von Mann zu

Mann: »Tun Sie mir den Gefallen, ja? Sie steigt mir sonst aufs Dach, wenn Sie wissen, was ich meine.«
Der Mann tat Fats leid. Kokettierte mit seinem Drachen, aber ließ sich nicht scheiden. Machte Geld wie Heu, aber hatte zu Hause nichts zu sagen.
Fats nahm gerade einen Koffer, ein letztes Mal, wie er sich immer wieder versicherte, als Mrs. Seltzer heranrauschte.
»Hat dir mein Mann nicht gesagt, daß ich ...«
»Doch, doch, habe ich ...«, entschuldigte sich Seltzer sofort.
»Der hat zu machen, was du anordnest, Carl.«
»Ja, tut er doch.«
»Ich sehe nichts, Carl. Gar nichts. Siehst du was?«
Auch dieser Tonfall war nicht neu für Fats. Kam gelegentlich vor. Eigentlich kein Grund auszuklinken. Fats sah noch mal am Hotel hoch, als er die Hose runterließ. Bye, bye, KALAHARI SUN. Er zeigte Mrs. Seltzer seinen Allerwertesten. Sie fing an zu japsen – da, da, Carl – bekam keine Luft mehr und fiel in Ohnmacht. Hatte noch nie einen schwarzen Arsch gesehen. Seltzer sagte:
»Ziehn Sie schnell die Hose hoch, hat niemand gesehen.«
Doch die Rezeption hatte aufgepaßt. Alle Mann hoch kamen sie angerannt. Fats wurde verhört, gefeuert und sollte schließlich den Stadtbezirk Johannesburg innerhalb von 72 Stunden verlassen.
Wenig später stand er in seinem Hotelpersonalzimmer in der Jappestreet und packte. Der Kleiderschrank bog sich unter der Last seines Inhalts. Nur teures Tuch, nichts von der Stange. Fats hatte Stil. Lodenfrey, Gucci, Cerruti. Er legte Wert auf außergewöhnliche Garderobe und hatte im Hotel schnell den richtigen Dreh gefunden, sie sich zu finanzieren.

Er hielt sich dabei strikt an die Devise des Hotelmanagers: »Lies ihnen jeden Wunsch von den Augen ab, und bleib diskret.«
Stammgäste fanden in ihm den gewieften Nachtexperten, der immer wußte, wo noch was los war, und der auch bei delikaten Wünschen die passende Adresse kannte. Fats bot ihnen das, was dieses Land so besonders machte: den Kitzel des Verbotenen.
Sie wollten eine Nachttour ins Ghetto, wollten illegal saufen, wollten dorthin, wo Taxifahrer nicht mehr weiterfuhren, wo Polizisten in ihren Panzerhoppis saßen, wo es verborgene Bordelle gab. Schwarzafrika hautnah. Fats wußte, wo.
Er war in Soweto aufgewachsen und geschäftstüchtig genug, nicht zu vergessen, seine Hotelgäste auf die Gefahren hinzuweisen. Und auf den Risikozuschlag. Manchmal ärgerte er sich über seine eigene Schamlosigkeit, die Ghettolegende von Mord und Totschlag zu nähren – immerhin war es sein Revier, sein Zuhause, über das man täglich im STAR diese Lügengeschichten lesen mußte. Und immer, wenn er dann in sich ging, sich ernsthaft prüfte und die Skrupel zu überwiegen drohten, dachte er, daß besser er ihnen Geld abnahm, als irgendein anderer Knallkopf. Denn davon gab es genug. Außerdem hielt er es mit dem Motto eines deutschen Druckereibesitzers, das er vor Jahren einmal aufgeschnappt hatte: Ich bin nicht käuflich, aber man kann mich mieten.
Die Nachttouren wurden für Fats ein voller Erfolg. Er kassierte doppelt. Die Gäste belohnten ihn mit seiner Lieblingsmode, die Nutten von der Black-Bunny-Farm mit einer Vermittlungsprovision. Alles war glatt gelaufen, bis er an diesem Sommertag nicht nur die Fassung verlor, sondern alles andere

auch. Nach über 9 Jahren, ein halbes Jahr vor der Daueraufenthaltsberechtigung, war er sein wertvollstes Kapital, seine Gäste, los und würde keine zweite Chance in dem Job bekommen. Jedenfalls nicht in Südafrika.
Fats griff nach dem Cutty Sark im Einbauschrank, füllte ein Wasserglas und goß sich einen hinter die Binde. Er konnte nicht zurück nach Soweto. Sein Onkel in Mofolo South würde ihn schief angucken und argwöhnisch fragen, was er denn mit all den Koffern wolle. Etwa Urlaub machen? Urlaub bei uns? Du kommst doch sonst nur alle paar Monate! Also, wie soll ich das verstehen? Er würde es nicht verstehen. Er würde Fats hereinbitten und fortan dulden. Wie ein Versager. Außer Klamotten nichts gewesen, oder was? Das war der beschissenste Gedanke, den er je in der Jeppestreet hatte. Er hängte den Kopf aus dem Fenster. Das KALAHARI SUN stand noch, und die Kollegen waren sicher fleißig beim Kofferschleppen. Recht so, sagte er sich. Kein Grund zur Beunruhigung. Alles beim alten.
Nur er nicht, er war draußen.
Fats legte noch einen Schluck zu und wurde allmählich sentimental. Er dachte an früher, als Chief, Joshua Hadebe und Desmond »Street« Mabaso das Land verlassen und ihn, ihren alten Kumpel Fats, die größte Quasselstrippe von Soweto (Originalton Desmond), immer wieder bekniet hatten, mitzukommen. Sie waren gerade 17, radikal und militant und hatten Angst. Die Revolte war niedergeschlagen, Steve Biko tot und Desmond auf jedem Fahndungsplakat. Sie hatten mit Steinen geworfen, einen Panzerwagen in Brand gesetzt und waren in Soweto aus der Polizeihaft geflohen. Sie versteckten sich bis Anfang 1978, bis zu dem Tag, als Desmonds Schwe-

ster aus dem neunten Stock der Sicherheitspolizei fiel. *Selbstmord im John Vorster-Block*, hieß es. Fats hatte befürchtet, Desmond würde eine Kamikaze-Aktion anzetteln, doch die Stimmung war restlos umgeschlagen. Demoralisiert machten sie sich auf den Weg, und Fats konnte sich auch heute noch nicht erklären, warum er damals, drüben in Mofolo South am zweiten Februar, auf dem Absatz kehrt gemacht hatte. An den letzten Wortwechsel mit Desmond erinnerte er sich noch haargenau. Auch ohne diesen gelben Whisky. Konnte man einfach nicht vergessen, diese Worte. Jagten ihm heute noch einen kalten Schauer über den Rücken.

Fats sagte: »Geht ohne mich. Ich war nur Mitläufer.«

Darauf sagte Desmond, sehr laut, weil sie direkt am Bahndamm standen und gerade der Zug nach Dube vorbeiratterte: »Es gibt keine harmlosen Schwarzen. Es gibt nur verdächtige Schwarze.« Nur das. Deshalb nannten sie ihn *Street*.

Street Mabaso, prostete sich Fats zu, wir sehen uns wieder!

Er schmiß den ganzen Plunder aus dem Schrank, bis er den Luftpostbrief fand. Absender: Desmond Mabaso, Hamburg, West Germany. Da steckst du also, dachte Fats. Hoch im Norden. Er schwamm auf einer beschwipsten Welle der Vorfreude, sah Desmond regelrecht vor sich sitzen und überlegte, was er jetzt wohl sagen würde. Desmond würde sagen: Wie willst du denn abhauen, Fats? Sonst nichts. Ganz realistisch, der Arsch. Keine Zeit zum Träumen. Wie damals in der Mofolo Hall an der Dube Station, bevor sie niedergebrannt war. Fats grinste, als er sich daran erinnerte:

Saßen zusammen in der Mofolo Hall. War Kinotag.

Chief, Joshua, Desmond und ich. Schlürften unser Carling Black Label, bis auf Desmond natürlich. Er trank Lion Lager, oder Castle, jedenfalls was anderes. Die Bude war voll, und alle waren von Marlon Brando begeistert, wie er den Don Carleone spielte und diesen Bittsteller empfing. Gleich am Anfang hatte Desmond gerufen: Schärfer oder lauter, je nachdem, und war sogar zum Vorführer gelaufen. Diesen Einsatz für die Filmkunst honorierte kein Arsch, alle waren mit was anderem beschäftigt. Und als Brando mit vollen Backen seinen Segen gab und Bonasera sagte und alle richtig drin waren im Film, da sagte Desmond: »Studio.« Studio. Nur das eine Wort. Völlig desillusionierend, der Mann. »Halt doch den Rand«, sagte Chief sauer, »interessiert doch keinen.«
»Mich stört das Studiolicht«, sagte Desmond noch mal. Penetrant. Das hatten alle im Kopf gehabt. Den ganzen Paten über. So war Street. Er sagte was, und das grub sich in den Kopf ein.
»Wie willst du denn abhauen?« hörte er Desmond fragen.
Die blöde Frage machte Fats müde. Er wußte keine Antwort. Der gelbe Whisky stieg schwer zu Kopf. Da schlief er ein.

Der KALAHARI TOWER spiegelte die Mittagssonne von der Smalstreet zur Jeppestreet, direkt in Fats Angestellten-Apartment 818 und ließ die ganze Bude in einem freundlichen Orange erstrahlen. Fats döste noch vor sich hin als es beharrlich klopfte. Ihm schwante nichts Gutes. Hellwach und beinahe nüchtern öffnete er die Tür. Er mußte zweimal hinschauen, um Ludwig Schirmer aus Gütersloh zu erkennen, Stammgast des KALAHARI SUN. Riesengroß stand er auf dem Flur. Fats machte ihm einen Stuhl frei. Den einzigen, den er hatte. Besuch war zwar nicht mehr verboten, aber auch nicht vorgesehen. Schirmer war wahrscheinlich der erste Weiße, der die Personalunterkunft aus freien Stücken betrat. Doch wer sollte diesen Schrank schon aufhalten, dachte Fats, paßt ja kaum auf den Schemel. Schirmer war Afrikamanager eines deutschen Küchenherstellers. Die Internationale Küche für alle. Betonung auf *alle.* Das war kein Slogan, sondern durchaus programmatisch gemeint, denn der große blonde Schirmer war im Grunde seines Herzens Apartheidsgegner. Behauptete er jedenfalls. Wer weiß, dachte Fats.

Immerhin hatte er als erstes diese saudumme Werbung aus dem Verkehr gezogen, als er '85 anfing. Diese haushohen Plakatwände mit dem schwarzen Hausmädchen in der blitzblanken Küche und dem Slogan: *Ihre Luisa wird es Ihnen danken.* Bielfeldt & Cie. *Traumhaft.*

»Ich hab von deinem Ärger gehört, Fats. Tut mir leid.«

»Halb so wild.«

»Und jetzt?«

»Ich suche einen neuen Job«, sagte Fats locker und versuchte eilig Ordnung zu machen, sowohl in seiner Bude als auch in seinem alkoholisierten Brummschädel.

Was wollte der große Blonde?

»Von Kleinzee bis Durban wird dich kein Hotel mehr beschäftigen, Fats. Von Johannesburg gar nicht zu reden. Und Soweto hat keine, soweit ich weiß.«

Hoffentlich bricht dir gleich der Stuhl unterm Arsch weg, dachte Fats.

»Ich muß morgen geschäftlich nach Botswana«, fuhr Schirmer fort, »und könnte dich mitnehmen.«
»Sie sind mir nichts schuldig, Herr Schirmer.«
»Ludwig.«
»Okay, Ludwig. Also, warum ...«
»Ich kann mir nicht vorstellen, daß du im Township schon in Rente gehen willst. Außerdem fliege ich ungern alleine.«
Cool, dachte Fats. Spielt seine Hilfe runter.
Schirmer warf noch einen skeptischen Blick auf Fats Kleiderberge, sagte: »Begrenztes Handgepäck«, und ging.
Fats war wieder oben auf, trommelte vor Freude an die Wand, und die Kollegen in den Nachbar-Apartments 817 und 819, die für die Nachtschicht vorschliefen, trommelten zurück.

3

Der südafrikanische Generalkonsul Van Vliet lenkte den silbergrauen Jaguar die abschüssige Barnerstraße hinunter. Das tat er mit gebotener Vorsicht, erstens wegen Aquaplaning, denn er fürchtete nichts so sehr, wie den Boden unter den Füßen zu verlieren, und zweitens, weil er seinem Fahrer freigegeben hatte, was eindeutig gegen die Sicherheitsbestimmungen verstieß.
Van Vliet haßte die ständige Begleitung. Er fühlte sich dabei unfrei und irgendwie schuldig, und außerdem wie auf dem Präsentierteller. Mit einem Leibwächter ins Theater zu gehen, war eine gerade-

zu quälende Vorstellung. Saß neben einem im Parkett, schielte ständig auf seine fluoreszierende Tiefseeuhr, horchte nach jedem Hüsteln und schreckte hoch, wenn es auf der Bühne knallte. Weil er keine Ahnung hatte. Dantons Tod oder Shakespeares Sommernachtstraum waren ihm noch nicht untergekommen, dem Bodyguard. Also konnte er auch zu Hause bleiben, Davis Cup gucken. Nach der Vorstellung zog es Van Vliet zu Gino Carone, der mitten im Altonaer Industriegebiet ein lebhaftes italienisches Ristorante führte. Mit Gino teilte Van Vliet wenigstens zwei Leidenschaften: gutes Essen und klassische Musik. Die dritte Gemeinsamkeit, eine beachtliche Leibesfülle, hatte sich der Italiener abgespeckt. Über Politik war mit Carone zwar nicht zu reden, dachte Van Vliet, aber immerhin konnte er singen. Ohne Alfons konnte der Konsul ganz entspannt bei der Pasta den Arien eines Luciano Pavarotti oder Gino Carones lauschen und sich an den langen Tischen mit vollkommen unbekannten Leuten als charmanter Plauderer erweisen anstatt beim angesagten Prominenten-Italiener an der Alster zu sitzen, wo ihn sein Leibwächter unterbringen würde. Unter seinesgleichen, wo es eine ordentliche Karte gab, keine dunklen Ecken und das sichere Konsulat gleich gegenüber. Abgeschottet. Doch Van Vliet wollte nicht ungerecht sein. Alfons war zwar ohne Zweifel ein Kulturbanause, doch sein Übereifer hing vielleicht auch damit zusammen, daß er nicht wußte, welches Kaliber er da seit Jahren durch die Gegend kutschierte. Bei Gelegenheit sollte er ihn mal aufklären, dachte Van Vliet, als er in den Lessing-Tunnel bog.

Das Autoradio brachte gerade folgendes:

»Windhuk, Namibia. Einen Tag vor der geplanten

Rückkehr des SWAPO-Präsidenten Sam Nujoma nach 30jährigem Exil, wurde in Windhuk der 37jährige deutschstämmige Rechtsanwalt Anton Lubowski, ranghöchster Weißer der Namibischen Befreiungsbewegung, durch 20 Schüsse aus einem Sturmgewehr ermordet. Er galt als enger Vertrauter Nujomas. Die Südafrikanische Extremistengruppe WEISSE WÖLFE hat sich gegenüber der in Windhuk erscheinenden Zeitung THE NAMIBIAN zu dem Anschlag bekannt. Der Pressesprecher der SWAPO sagte, der gemeine Mord könne den Unabhängigkeitsprozeß des ehemaligen Südwestafrika nicht aufhalten.«

Van Vliet blieb unbeeindruckt. Keine Genugtuung. Nichts. Namibia ist nicht zu halten. Mit oder ohne Lubowski.

Die Ampel am Ende der Tunnelröhre sprang auf Rot. Er brachte den Jaguar zum Stehen und erschrak im selben Moment. Direkt neben ihm standen plötzlich zwei Typen. Automatisch griff er nach seiner Sig Sauer und richtete die Pistole auf die Beifahrertür.

Er atmete auf. Die Männer waren nur mit Kleistereimer und Besen bewaffnet und plakatierten gerade die Tunnelwand. Popmusikkonzerte, dachte Van Vliet, steckte die Pistole wieder zurück und wollte gerade wieder Gas geben, als er noch einen Blick auf die blauschwarzen Plakate warf. DRAMA STARS, las er und sah das Gruppenphoto einer Band: eine weiße Frau, eine schwarze Frau und zwei schwarze Männer. Er blinzelte und achtete nur noch auf den Schwarzen in der Mitte, den Trompeter. Er versuchte, sich zu erinnern. Der Trompeter. Der Bandleader. Der Straßenkämpfer. Der Terrorist. *Street.* Desmond »Street« Mabaso, so weit das Auge reichte.

Van Vliet gab Gas und fuhr zur nächsten Straßenecke. Wartete, bis die Plakatierer mit ihrem Opel Kombi verschwunden waren, und kehrte um.
Das Unwetter war tropisch, die Plakate feucht und klebrig. Street, zwanzigmal zweifarbig. Van Vliet, groß und schwergewichtig, in einem dunkelbraunen Trenchcoat, gestützt auf einen Gehstock, zog vorsichtig ein Plakat von der Tunnelwand. Jetzt hätte man leichtes Spiel mit mir, dachte Van Vliet mit dem Rücken zur Straße. Dann hatte er Street in der Hand.
So hatte er sich noch nie die Finger schmutzig gemacht.
So noch nie.

4

Es war der Tag, an dem die Rugby-Weltauswahl auf dem Jan Smuts-Airport landete, um die South African Springboks in Grund und Boden zu spielen, und der Tag, an dem Fats, der sonst große Töne spuckte, echtes Fracksausen bekam und am liebsten umgekehrt wäre. Er war noch nie geflogen. Während Schirmer seinen Leihwagen abgab und seelenruhig mit der Hertz-Dame plauderte, verdrückte sich Fats eilig auf die Flughafentoilette, die internationalen Standard hatte. Grey Area. Schwarz und Weiß pinkelten nebeneinander.
Dort hielt er seinen erhitzten Kopf unter den Kaltwasserhahn und machte sich klar, daß er schlecht vor etwas Angst haben könnte, was er noch nie getan hatte. Erst Fliegen, dann Zittern. Logisch. Die Flugangst verging, aber Fats traute dem Frieden

nicht. Weder dem inneren noch dem äußeren. Vielleicht kam er gar nicht bis zum Flugzeug, die Bullen hielten ihn auf, oder Schirmer überlegte es sich noch anders.

Auf dem Weg zum Privatflieger-Hangar sah Fats die Rugby-Weltequipe über den Flugsteig kommen. Air France Flug 816, seine Gäste. Dreizehn Doppelzimmer, 16.30 Uhr Training, 19.30 Abendbrot. Er sah nur ihre Silhouetten, aber er konnte jeden Spieler am Gang erkennen. Er war *der* Rugby-Fan und sagte zu Schirmer:

»Jede Wette, daß ich die Jungs am Laufstil erkenne. Zuerst kommt der irische Manager McBride, dann der Australier Williams, dahinter der Engländer Winterbottom und dann der französische Mannschaftskapitän Berbizier.«

»In Deutschland gibt es so ein Fernseh-Quiz«, antwortete Schirmer, »da werden solche Leute wie du gesucht. Leute, die den richtigen Riecher haben, hundert Käsesorten auseinanderhalten können, oder Autos am Motorengeräusch erkennen. Sportler an den Beinen – das ist echt was Neues.«

Sie stiegen in Schirmers einmotorige Cessna Centurion.

»Du müßtest nur die Sportart wechseln, Fats. Was hältst du von Fußball?«

Fats dachte sofort an die Orlando Pirates, seinen Lieblingsclub, mitten in Soweto. An Go Go Maponyane oder Ace Mnini. Schirmer aber meinte Littbarski und Augenthaler. Auch nicht schlecht, dachte Fats.

Als die Cessna im Steigflug war, wurde Fats speiübel. Sobald er die Augen aufmachte, wurde es noch schlimmer. Neben ihm Schirmer, ein ungelenkiger Riese, der kaum ins Cockpit paßte, vor ihm die

schreckliche Vision eines überlasteten, stotternden Propellers und unter ihm nichts als freier Fall. Man konnte sogar die Kyalami Autorennstrecke erkennen. Formel-1-Zirkus. Mein Gott, war ihm schlecht. Schirmer drückte ihm aufmunternd eine Papiertüte in die Hand.
Das wird schon wieder.

5

Desmond hielt seinem Chef einen Regenschirm über den Kopf, während der sich beeilte, die Bar abzuschließen. Unvermindert stark prasselte der Regen aufs Pflaster. Man verstand sein eigenes Wort nicht, doch Desmond und Bruno hatten sich sowieso nichts zu sagen. Weder persönlich noch sonstwie. Das hatte nichts mit gegenseitiger Geringschätzung zu tun, sondern mit Gewohnheit. Bruno war vor ein paar Jahren froh gewesen, in Desmond einen Putzmann gefunden zu haben, der keinen Anschluß suchte. Der aus einer anderen Welt kam, in einer anderen Welt lebte und sich frühmorgens die übrige Welt vom Hals halten wollte. Einer, der wahrscheinlich am besten denken konnte, wenn alles schlief. Wenn niemand mehr was will. Wenn die liebe Seele Ruh' hat.
Manchmal unterbrach Desmond das Putzen, Tellerwaschen und Schrubben und machte sich schnell am Tisch ein paar Notizen. Und Bruno glaubte, Notenpapier gesehen zu haben und dachte: Unglaublich, macht diesen Schweinejob und komponiert irgend-

welche Afrorhythmen. Dann nahm er sich jedesmal vor, mit Desmond über Afrika zu reden, aber es war nie was draus geworden. Er war ausgepowert. Täglich zehn Stunden war er auf Draht, schüttelte den Cocktail-Shaker im Handgelenk, daß die Barmixerinnung ihre Freude gehabt hätte, servierte Daiquiri, Banana Cooler, Russian Coffee oder gepflegtes Pils vom Faß, war professioneller Zuhörer und witziger Entertainer. Mit dem letzten Gast jedoch wich jegliche Kommunikationsbereitschaft. Und mit fortschreitender Uhrzeit wurde aus dem coolen Barkeeper ein nervöser Kettenraucher. Paffte die französischen Blauen wie ein Schlot. Desmond hatte zwei Jahre gebraucht um herauszufinden, daß Bruno, wenn es nur irgend möglich war, vor Tagesanbruch im Bett liegen wollte. Nichts fürchtete der Barmann so sehr wie das Rattern der ersten U-Bahn – sein Apartment lag vis à vis zur Bahn-Trasse – und das Morgenblau des Himmels. Besonders schlimm war es im Sommer, wenn schon die Vögel zwitscherten; dann bekam Bruno regelrecht Panik, wenn er Desmond noch in die Wohntürme der Lenzsiedlung bringen sollte. Dann fuhr er mit Vollgas auf Ring 2, bis Desmond auf halbem Weg aus dem Jeep stieg und lieber den Nachtbus nahm. Bruno machte eine kreischende Allradwende und versuchte, dem Tag zu entkommen. Er wollte nicht durchmachen und dann unrasiert, mit zitternden Händen und geröteten Augen den Sonnenaufgang am Hafen sehen. Den Tag zur Nacht machen, jedes Zeitgefühl verlieren und mit 200 Herzschlag keinen Schlaf finden. Abrupte Liebesnächte, Träume ohne Ende, zugspitzhohe Illusionen. Reden ohne Sinn und Verstand. Wie die Schluckspechte, Kokser und Junkies. Allein der Gedanke machte ihn krank.

Bruno war ein echter Hamburger Junge. 1942 in Wilhelmsburg geboren, aber auf St. Pauli aufgewachsen.
Erstens, weil seine Mutter da als Schuhverkäuferin arbeitete, und zweitens, weil er nach der Schule als Wäschebote für Lin Min Yi jobbte. Erst zu Fuß, dann schenkte ihm der Chinese ein Fahrrad. Mit Gepäckträger.
So konnte er seinen Aktionsradius vergrößern. »Leichter für dich«, sagte der geschäftstüchtige Lin Min Yi, »überall hinkommen.«
Überall war: Tischtücher ins Regina, Bettlaken in die Herbertstraße und weiße Oberhemden zum Bananenfrachter. Lins Neffe Yang wurde zweiter Ausfahrer und Brunos bester Kumpel. Sie waren zwölf, saßen nach der Schule bei chinesischer Nudelsuppe neben der Heißmangel und fragten sich deutsche Mittelgebirge ab. Da waren sie eisern, die Schule ging vor. Die chinesische Wäscherei dampfte um die Uhr, Lin zahlte gut, und Bruno wußte bald über den Wäschebedarf hinaus, was auf St. Pauli angesagt war. Und was die Liebe kostete. Ein amerikanischer Offizier fragte ihn beim Landgang: »Change money?« Bruno sagte: »No. Sorry. The Bank is closed.« Der Offizier sagte: »Okay, boy. No problem.« Bruno dachte, Scheiße, die Knete ist futsch. Die steckt er jetzt einem Mädel ins Höschen – ohne Umtauschen. Ab sofort hatte er die Devisenkurse im Kopf und, wenn die Banken zumachten, eine Wechselstube in der Hosentasche. Direkt an Bord. Er hatte immer genug Scheine dabei, um Dollars, Escudos und Peseten zu wechseln. Offener als die Bank und günstiger als der Puff, war sein Slogan.
Mit dem Rock'n'Roll stand der erste Ärger ins Haus. Den machte der alte Lin. Chuck Berry, Elvis

Presley und Buddy Holly drehte er den Ton ab, und Bruno und Yang wollte er sich mal gehörig vorknöpfen. Halbstarke. Trugen Blue Jeans, Rockabilly Frisuren und messerscharfe Koteletten. Standen oberlässig vor der Wäscherei und Neffe Yang schnippte die Camel ohne mit den Worten in den Gulli: »Dahin, wo der Arsch von gegenüber landet, wenn er noch mal Schlitzauge sagt.« Lin Min Yi stand im Wäschereisouterrain und hörte alles mit. Er schluckte bei dem respektlosen Tonfall. Wenn Bruno und Yang jungen Damen hinterherpfiffen, fühlte sich Lin jedesmal dazu veranlaßt, die Brille aufzusetzen und nach dem Rechten zu sehen. Ob da was dran war. So kam er nicht zum Arbeiten. So nicht. An einem verfrorenen Wintertag 1959 – er hatte einen kleinen Reisschnaps zur Stärkung gepichelt – wollte er seinem Neffen die Fettfrisur plattmachen.

»Es gibt keine Rock'n'Roll-Chinesen!« schrie er, »merk dir das!«

»Doch«, widersprach ihm Yang, »mach doch die Augen auf.«

Man konnte sich nicht einigen. St. Pauli wurde eng. Bruno und Yang beschlossen, an die Côte d'Azur zu fahren. Sie schoben ihre billig erstandene BSA aus der Hinterhofgarage und kurvten über die Alte Elbbrücke nach Süden. Irgendwo bei Colmar, im Elsaß, wo eine Linkskurve sich an einen kleinen Hügel anschloß, hatte Yang zu spät das Tempo gedrosselt. Mit hundert Sachen flogen sie geradeaus. Bruno würde die wunderbare Landschaft nie vergessen. Rasendes Grün. Es riß ihn vom Sozius, kopfüber in einen Tümpel. Yang flog stehend weiter. In die Stille der Natur. Bis es krachte und ihn ein quertreibender Ast, wie ein Ritter, vom Sattel holte.

Bruno wischte sich eine Seerose aus dem Gesicht. Yang lag im Schilf.
Der erste Rock'n'Roll-Chinese war tot.

6

Fats stand mit weichen Knien auf dem Harare-Airport in Zimbabwe, froh, der schaukelnden Cessna, mit dem »wunderbar direkten Fluggefühl«, wie es sein Küchenmanager Schirmer begeistert nannte, entstiegen zu sein, und unsicher, wie es weitergehen sollte. Doch als ihm Schirmer dann zum Abschied ein BRD-Touristenvisum und ein KLM-Ticket in die Hand drückte, war Fats so gerührt, daß er tatsächlich nicht wußte, was er sagen sollte. Das passierte selten.
»Kostet mich nichts«, sagte Schirmer, um Fats aus der Verlegenheit zu helfen. »Hinterlaß deine neue Adresse bei unserem Küchenstudio am Jungfernstieg. Wenn ich in Hamburg bin, gehn wir zusammen zum Derby. HSV gegen St. Pauli.«
Ja, klar doch, dachte Fats betreten. Alles easy. Morgen in Hamburg. Kaum zu glauben.
»Das ist so ähnlich, wie Orlando Pirates gegen die Kaizer Chiefs«, erklärte Schirmer sicherheitshalber. Blöder Vergleich, fand Fats. Denn im KALAHARI HOTEL hatte er die Bundesliga genauestens verfolgen können. *Via satellite.* Das letzte Hamburger Lokalderby, ein artiges 0:0, war ihm in bester Erinnerung. Da waren die Tore meilenweit vom Ball entfernt. Keine Power. Das hätte es zwischen Pirates und Chiefs nicht gegeben.

Der große Blonde schüttelte ihm mit kräftigem Händedruck die Hand und verschwand eilig im Curio-Souvenirshop, in dem man die unermeßlichen Kupferschätze Zimbabwes in Form von gestanzten Landkarten, Elefanten und Obstschalen bewundern konnte. Doch Schirmer hatte nur Augen für die hübsche Verkäuferin, die ihm daraufhin mühelos einen häßlichen Flaschenöffner aus Gazellenhorn andrehte. Schirmer war begeistert.

Das war das letzte, was Fats von seinem Retter sah. Dann saß er 1. Klasse-747 nach Amsterdam, bestellte bei der Stewardeß Vanillemilch, ließ Afrika hinter sich und schlief non stop bis Schiphol.
Weniger gemütlich wurde es zwölf Stunden später im Nord-West-Expreß von Amsterdam nach Hamburg. Fats saß ausgeschlafen im Zugabteil und blätterte im TELEGRAF, als vier übelgelaunte Soldaten, den Wochenendurlaub gerade abgefeiert, auf dem Rückweg zur Kompanie die Abteiltür aufrissen, die blauen Reisetaschen ins Gepäcknetz warfen und sich aufs Ohr legten. Vorhang zu, Licht aus, Frotteesocken aufs Polster. Fats wurde nicht gefragt. Kommiß geht vor. Kurz nach Bad Bentheim saß er im Dunkeln. Das fand er unmöglich. Schließlich hatte er dreizehn Stunden im Flieger geschlafen. Er knipste das Licht wieder an.
»Ey, Junge, wat is los?« fragte einer in starkem Westfälisch. »Wat meinste, wo wir hinfahren?«
»Woher soll er denn das wissen«, sagte der zweite, ohne seinen Kopf zu heben. »Frag ihn gar nicht lange.« Das kam Fats bekannt vor. Klang nach Mrs. Seltzer.
»Zu unserem Vergnügen is dat jedenfalls nich«, erklärte der Westfale. »Roger?«

»Hat er gefressen«, sagte nun ein anderer und starrte Fats stumpf an. Keine Widerrede. Er machte das Licht wieder aus.
So durchquerte Fats die Norddeutsche Tiefebene, doch das einzige, was er von der Landschaft sah, war ein gerahmtes Panoramabild der Deutschen Bundesbahn, auf dem er nach und nach – immer dann, wenn eine Peitschenlampe vorbeihuschte und ein Lichtstrahl durch die Vorhangritzen fiel – die Schönheit des Rheins bei Königswinter entdeckte. Er war froh, als er Hamburg-Hauptbahnhof erreichte und die miefende Truppe verlassen konnte. Fats schleppte seine Koffer auf den Bahnsteig und stellte fest, daß noch einer fehlte. Der 7-Up-Metallkoffer hing am langen Westfalenarm aus dem Zugfenster. Johlend ließen sie ihn beim Anfahren auf den Steinboden plumpsen. Südafrikanische Perlenstickereien, Halbedelsteine und Webteppiche flogen umher. »Is doch einfacher so!« rief einer, als Fats in der KLM-Tüte nach der Vanillemilch griff und sie den Idioten hinterher schleuderte. Klatsch! Volltreffer. Das Gegröhle erstarb im gelb-klebrigen Niederschlag.
Hoffentlich habt ihr was zum Wechseln dabei, dachte Fats grinsend. So süße Jungs sieht die Army nicht gern.

Fats Reise fand ihr gutes Ende vor den Eidelstedter Sozialsilos. Es war kurz nach 3 Uhr morgens und pißte in Strömen, als er mit seinen Koffern aus dem Taxi stieg und am Ziel seiner Wünsche hochstarrte. Wohntürme wie Korkenzieher: lange, zugige, nach außen hin offene Flure bohrten sich in den Boden. Leuchtstoffröhren, angekettete Kinderfahrräder, Graffitis, hier und da Topfpflanzen. Der Regen

prasselte eintönig in die Treppenhausschächte. Alles sah trostlos und wenig einladend aus, doch Fats war es ganz egal. Auf Anhieb fand er auf dem monströsen Klingelbrett den Namen Mabaso. Er war wunschlos glücklich, strich noch mal über seinen Glencheckanzug und drückte auf die Klingel. Street würde Augen machen. Er freute sich diebisch. Und nahm den Finger nicht mehr vom Klingelknopf.
Desmond fiel fast aus dem Bett, als er den Klingelsturm hörte. Ein Irrer. Wie von der Tarantel gestochen sprang er hoch, tastete sich auf den Flur und drehte der Klingel den Saft ab. Isabelle und seine Tochter Jabu hatten nichts gehört. Die hörten nie was. Nur wenn sie mußten. Benommen sah er auf die Uhr. 3 Uhr 20. Bruno hatte ihn erst vor einer halben Stunde nach Hause gefahren, und er war binnen Sekunden eingeschlafen. Das hatte er sich antrainiert. Die Zeit war kostbar. Jabu mußte um halb acht zur Schule und Isabelle war morgens nicht aus dem Bett zu kriegen. Nie und nimmer.
Die Gegensprechanlage war noch aktiviert. Irgend jemand stand da unten im Regen. Klingelgangster. Verärgert nahm Desmond den Hörer ab.
»Wer?«
»Fats.«
»Wer?«
»Ich, du Zulu-Rocker!«
»Nein.«
»Ja.«
Ein Rauschen lag in der Leitung. Funkstille. Der Regen trommelte. Und Desmond war sprachlos.
»Mach auf, Mann!« rief Fats ungeduldig.
Als sie sich Minuten später vor der Lifttür gegenüberstanden, fielen sie sich in die Arme und sagten keinen Ton. Nur eine krächzende Stimme aus dem

5. Stock zerstörte die Stille und schrie völlig unsensibel in das afrikanische Wiedersehen.
»Arschlöcher! Ist das euer Privatlift, oder was?«
Lachend zogen sie die Koffer aus dem Fahrstuhl, der prompt wieder in die Tiefe verschwand. Sie ließen ihrer Freude freien Lauf und wurden richtig albern. Betraten umständlich die Wohnung, schoben unter lautem Gepolter den Kofferberg in den Flur, ließen sich gegenseitig den Vortritt (»Nach Ihnen, bitte!«) und wollten schließlich zu zweit durch die Tür. Fats ließ sich ins Sofa fallen, und Desmond angelte Smirnoff, Selter und einen Eisbehälter aus dem Kühlschrank. Über die halbe Wand hing ein neoexpressionistisches Ölbild. West Side Story in Südafrika. Tanzende Liebespaare. Drahtzäune. Schwarz-weiße Utopie und Bulldozer. *Sophiatown, Johannesburg, 1962,* hieß es in grobem Pinselgraffiti.
Fats erinnerte sich an seinen Onkel in Mofolo, der immer behauptet hatte, Sophiatown wäre der lebendigste Fleck in Südafrika gewesen. Ein pulsierendes Township ohne Rassentrennung. Sein Onkel hatte erzählt, damals wäre er mit Drake, Desmonds Vater, und Terry, einem weißen Textilarbeiter, im gebrauchten, hellblauen Studebaker die Victoriastreet runterkutschiert, sie hätten die blonde Frida und Lucy, Fats' spätere Tante, in der Tuckerstreet eingeladen und wären ins ODIN CINEMA gefahren, angeblich das größte Kino von ganz Afrika. Hätten einen draufgemacht, ab und zu 'ne Schlägerei angezettelt oder auch mal einen dieser sauprofitablen Lebensmittelshops geknackt, ansonsten aber das Leben genossen. Ohne die ganze Rassenscheiße. Bis 1962. Dann hatte die Verwoerd-Regierung die Planierraupen geschickt, das »gemischtrassische Chaos« weggewalzt und nach Hautfarben umgesiedelt.

Der kosmopolitische Traum ist ausgeträumt, dachte Fats, als er mit Desmond anstieß. Pure Nostalgie. Er nickte zur Leinwand.
»Kommt nicht wieder, diese Zeit.«
»Willst du die Weißen rausschmeißen?« lächelte Desmond.
Fats schüttelte den Kopf. »Das waren die wilden Jahre unserer Eltern, Desmond. Ganz und gar nicht südafrikanisch, wie du weißt.«
»Dann können wir ja drauf anstoßen«, sagte Desmond.
»Sophiatown ist sentimentaler Quatsch«, antwortete Fats hartnäckig. »Mal hier und da die Nachbarn besuchen, einen zusammen heben …«
»Soweit ich gehört habe, sitzt mein Vater noch immer bei deinem Onkel. Selbst in Soweto gibt's also nette Nachbarn.«
»Trotzdem möchte ich da nicht mehr leben«, sagte Fats und warf sich eine Zitronenscheibe in den Wodka.
»Selbst dann nicht, wenn da eines Tages Weiße und Chinesen leben würden?« fragte Desmond.
»Wer sollte da schon freiwillig hinziehen?« sagte Fats. »Nur Verrückte.«
»Oder ich.«
»*Du?*«
»Schon möglich.«
»Oh, Mann, Desmond. Du weißt nicht, was du sagst. Du bist 10 Jahre nicht mehr dagewesen. Setz die rosarote Brille ab. Soweto ist knallhart, sehr geschäftlich und ziemlich unkomfortabel.«
»Unkomfortabel?«
»Ja, unkomfortabel, wenn du nichts dagegen hast. Du weißt schon, was ich meine.«
»Weiß ich nicht.«

»*Kein Komfort,* verdammte Scheiße.«
Schöne Begrüßung, dachte Fats. Streiten uns schon wieder. Desmond schien dasselbe zu denken. Sie grinsten sich an, Desmond hielt die offene Handfläche hin, Fats schlug drauf und die Sache war vergessen.
Sie konzentrierten sich aufs Private, stiegen auf Guinness um und es wurde gemütlich. Desmond erzählte von Isabelle und seiner Tochter Jabu, und als Fats dann lang und breit von seiner Flamme Flower Dianne in Soweto schwärmte (nur von ihr, nicht aber von ihrem Gewerbe), fiel sein Blick auf das blau-schwarze DRAMA STARS-Plakat, auf dem er Desmond und Joshua erkannte. Die Weiße mit dem klaren Blick und dem entwaffnenden Lächeln war Isabelle, das war klar. Apart, apart. Vollkommen Desmonds Fall. Doch wer war die schöne Schwarze? Oh, là là. Seine Sehnsucht meldete sich. Das würde sich herausfinden lassen.
Hamburg gefiel ihm fürs erste.
Und schon hatte er Flower Dianne vergessen.

7

Zweierlei erinnerte Bruno an die Fremdenlegion: die Knarre, eine 7,5-mm-Walther, die er bei sich trug, wenn er nachts die Geldkassette mit den Tageseinnahmen in den Haspa-Nachttresor warf, und das silberne Abzeichen der Fremdenfallschirmjäger, das am Schirm seiner Nachttischlampe steckte; die geflügelte Hand, die einen Dolch hielt und sich dunkel

abhob, wenn er nach Hause kam, das Licht anknipste und die Beine hochlegte.
Lautloses Töten, hatte er spontan gedacht, als er das Symbol erstmals sah. Damals stand er im Rekrutierungsbüro der Legion in Orange, und der Adjutant-Chef hatte die Ehrennadel an der Mütze und sah ihn fest an. Starrte angewidert auf Brunos Rockabilly-Tolle und machte ein scherenähnliches Zeichen. Schnipp-schnapp, Monsieur, schnipp-schnapp. Compris?
Das kann ja heiter werden, dachte Bruno. Vor zwei Tagen, ja, da hätten sie dieser Pißnelke noch die Fresse poliert, Yang und er. Zur Not auch zu zweit. Lieber unfair als im Krankenhaus. Rock Around The Clock, Yang.
L'ALSACE aus Mulhouse hatte zu Yangs Tod geschrieben: *Die Rocker. Sie spielen mit dem Leben und der Tod rockt mit.* Sie speisten den Mythos, die Zeitungsfritzen. Schrieben von James Dean und Buddy Holly, aber nichts von dem Kuhfladen, der in der Kurve lag. *Der Tod rockt mit.* Ein Scheißdreck. Der Tod saß vor seiner Nase und rauchte Mais.
»Et alors, Rocker«, fuhr ihn der Adjutant an.
»Bruno.«
»Ah, Brüno. Extra!«
Er hätte noch hinausgehen können, ein paar Kilometer weiter nach Avignon, hätte Mönch werden und den Blick nach innen richten können. Doch der Fremdenlegionär befand sich paradoxerweise in dem seelischen Gleichgewicht, das sich Bruno wünschte: in sicherer Distanz zu unkontrollierten Gemütszuständen und immun gegen zerstörende Selbstzweifel. Bruno unterschrieb den Kontrakt. Lieber Legionär als Betbruder, lieber Explosion statt Implosion. Das sollte er haben. Frankreich war im

Algerienkrieg und Bruno mitten drin. Dezember 1960. Mit geschorenem Kopf und Weißkäppi kam er zum Drill ins algerische Hauptquartier Sidi-Bel-Abbès. Er lernte die Schönheit der Wüste und die Brutalität des Krieges kennen, und in der Rekrutenmesse den großzügigen Umgang mit Wein und Bier. Die französische Fallschirmjägerdivision, der Brunos Fremdenregiment zugeteilt war, führte noch grausame Verhöre an möglichen Mitgliedern der F. L. N. durch, als General de Gaulle schon vom »algerischen Algerien« sprach. L'Algérie algérienne. Bruno gehörte zu den Jüngsten und hatte von Politik keine Ahnung.

Bis an einem warmen Sommerabend sein Bataillon, auf der Suche nach F. L. N.-Bombenlegern, durch die Altstadt Algiers patrouillierte.

Tagelang war nichts passiert. In der Nähe der Kasbah, am Boulevard de la République (heute Che Guevara) und an den Säulen und Arkaden der umliegenden Plätze hingen neue OAS-Fahndungsplakate, rot-schwarz, mit den führenden Köpfen der rechtsnationalistischen Algerienfranzosen.

Bruno entdeckte darauf haufenweise deutsche Namen: Meier, Thies, Kesselhoff. Unmittelbar daneben ein großes Filmplakat, von dem Gregory Peck unter seiner Fliegermütze in eine düstere Zukunft schaute. Da braute sich was zusammen. LA GLOIRE ET LA PEUR. Cinéma du Palais. Heute. Ausgerechnet ein Kriegsfilm, dachte Bruno noch, sah von Peck zu dem Kameraden, der vor dem Plakat posierte und die Muskeln spielen ließ, auf daß doch einer mal ein Erinnerungsphoto mache – ich und Gregory, '60 in der Kasbah –, und dann sah er von dem Möchtegernhelden zu dem komischen Renault, diesem ominösen Dauphine, der ihm plötzlich so verlassen vorkam. Nur sie und das Auto. Und er schrie instinktiv: »In Deckung!«, als es knallte. Schutt flog ihnen um die Ohren, und als der Staub sich gelegt hatte, sah er zitternd, daß es außer dem Peck-Fan noch zwei weitere Kameraden erwischt hatte. Da rannten die Legionäre auch schon los. Rannten in die Kasbah. Hinter denen her, die erschrocken wegliefen und einfach nur Angst hatten. Hinter irgendwem, Gott weiß, wem. Und Bruno ahnte, was gleich passieren würde, wenn sie sich welche griffen. Und er wunderte sich über seine schlechte Menschenkenntnis, als ausgerechnet der zurückhaltende Frederic, sein Stubenkamerad, einen völlig stummen Algerier abstechen wollte. Killen. Einfach so. Der Mann hatte einen Korb mit Gemüse in der Hand und sich seinem Schicksal ergeben. Bruno riß Frederic zurück. Und als er dessen haßerfüllten Blick sah, wußte er sofort, daß ihm nichts anderes übrigblieb. Er oder ich. Frederic holte noch unnötig weit aus, als er schon tot war. Bruno hatte ohne Umstände zugestochen und sah sich um. Plötzlich knatterten Maschienengewehrsalven der Fellaghas, der Partisanen. Alles stob auseinander und suchte Deckung. Im Getümmel sah niemand, wie Frederic starb.

Als Bruno Algier 1962, kurz nach der Unabhängigkeit, auf der PORT DE MARSEILLE verlassen hatte, blieb Frederic zurück.

Doch den *Algier-Affekt,* wie er es nannte, nahm er mit.

Lieber jetzt reagieren, Frederic, als gar nicht mehr.

Das hatte Bruno intus.

Ein für alle Mal.

8

Tief in Van Vliets burischem Dickschädel steckte eine Lebensmaxime, die Selbstdisziplin als überlebenswichtig, überhastetes Handeln dagegen als tödlich festschrieb. Er hielt seine Faust 15 Sekunden über ein Sturmfeuerzeug, Erbstück seines Großvaters Wilhelm Van Vliet, eines Farmers aus der Kapprovinz. Die Flamme versengte ihm ein paar Haare und glühte ihm eine kleine Brandnarbe auf den Handballen. Nicht die erste Kerbe, und nicht das erste Mal, daß er sich auf diese Art mentaler Klarheit versicherte. Er spürte keinen Schmerz, im Gegenteil, er stand im Marmor-Foyer des Konsulats und sah sich in dem großen Wandspiegel, wie er sich sehen wollte: ein stattlicher Typ in den besten Jahren (er war 58), mit einem schmalen Oberlippenbärtchen à la Errol Flynn und einem charmanten Lächeln, über das schon einige Damen gestolpert waren. Das Feuerzeug schnappte zu. Alles unter Kontrolle. Selbst Alfons, seinem Leibwächter, würde er kein Wort von seiner Entdeckung sagen. Alfons wußte nichts von ihm und Desmond. Desmond Mabaso, genannt »Street«, geb. 2.1.1959, Mofolo, Soweto. Früheres Mitglied des Soweto-Schülerrats SSRC, Straßenkämpfer, '76 aus der Haft entflohen und seither untergetaucht. Gilt als gefährlich, hieß es im südfranzösischen Fahndungscomputer lapidar. Und Bodyguard Alfons, unzweifelhaft einer der Besten seines Fachs, würde hitzköpfig sagen, ey, Chef, wo ist der Kerl? Besser nicht, dachte Van Vliet.

Das sollten andere übernehmen.

Generalkonsul Van Vliet trank den bereitgestellten, frischgepreßten Orangensaft, gab seiner Haushälterin einen flüchtigen Kuß und absolvierte derart gestärkt seine Vormittagstermine. Alfons fuhr ihn nach Vierlande, wo Van Vliet im Auftrag deutschstämmiger Südafrikaner eine ganze Reihe prachtvoller Landhäuser kaufen sollte. Deutsch-Südwest hinter dem Zollenspieker Hauptdeich, dachte er und fand den Gedanken schrecklich. Südafrikaner, die auf die Zukunft ihres Landes keinen Pfifferling mehr gaben, waren in seinen Augen willensschwache Leute, noch dazu, wenn sie ihm mitleidig kamen. Tut uns ja so leid, daß man sie auf Eis gelegt hat, Herr Konsul. Verlogene Scheißer, die sich rechtzeitig absetzen wollten, mehr nicht.
Mittags dann, bei einem Arbeitsessen im Ratskeller, fiel sein Urteil über die anwesenden Diplomaten nicht glimpflicher aus, auch wenn er es für sich behielt. Mittelmäßiger Fisch und irgendwelche Arschkriecher, die auf ihn und alle demokratischen Kräfte in Südafrika bauten und ihren Deal abschließen wollten. Zum Wohl. Nur der kleine Schwarze aus Nigeria war ein patenter Bursche. Setzte sich dazu und sagte vehement seine Meinung. Mutig contra Apartheid. Das imponierte Van Vliet. Bis es ihm langte. Dann sagte er: »In aller Freundschaft, Mr. Tony Olaleye, ihr habt doch auch noch die Todesstrafe. Oder sollte ich mich da täuschen?« Der kleine Nigerianer verkrümelte sich hinter sein Jever Light und fand seine Argumentationskette nicht wieder. Den Unterschied zwischen toten schwarzen Brüdern in Südafrika und denen in Nigeria würde er im Ratskeller weder dem Generalkonsul noch einem der anderen plausibel machen können. Gerade war man in Fahrt, da kam einem die verdammte Todes-

strafe dazwischen. Man kann eben kein Benzin im Sieb verkaufen. Das mußten die in Lagos doch auch irgendwann kapieren.
Van Vliet ließ die fade Scholle liegen und rief den Kellner. Er selbst hatte gegen Bestrafung im Prinzip nichts einzuwenden.

Eine Stunde später betrat er den sonnigen Balkon einer weißen Villa an der Elbchaussee, die Jansen, ein hochaufgeschossener Hanseat mit allerbesten Geschäftsbeziehungen, auch schon Leuten vom Film zur Verfügung gestellt hatte. Einmal Kino. Ein kleines Schwarzweißphoto, autogrammkartengroß, hing als Beweis im Salon. Es zeigte den amerikanischen Freund Dennis Hopper. Jansen bat Van Vliet zum Tee und deutete, als habe er nichts anderes erwartet, auf ein panamesisches Containerschiff, das elbabwärts fuhr.
»Na, bitte«, sagte Jansen, »ohne Probleme durch den Zoll.«
»Was ist es diesmal?« fragte Van Vliet in burischem Deutsch.
»Wärmebildgeräte und Nachtvisiersysteme. Damit können sie nachts observieren und sehr genau zielen.«
»Als was deklariert?«
»Ferngläser und Laborgeräte, via Uruguay.«
»Dann dauert das ja wieder endlos«, sagte Van Vliet ungehalten.
Jansen nahm es mit Skepsis zur Kenntnis. Er mochte keine ungeduldigen Geschäftspartner. Zumal der Herr Konsul ein Problem hatte.
Als Van Vliet sah, wie ungerührt Jansen das zerknitterte DRAMA STARS-Plakat in der Hand hielt – es hätte auch das Elbe Wochenblatt sein können –,

dachte er: Mach es lieber selber, und Desmond liegt morgen unter der Erde. Aber er wußte auch, daß Gefühlskälte eine sehr viel bessere Voraussetzung für diesen Job war als seine emotionale Betroffenheit. Jansens kalter Blick wanderte über das Plakat und blieb schließlich bei Desmond hängen, den Van Vliet mit einem roten Filzstiftkringel gekennzeichnet hatte.

»Ein alter Bekannter?« fragte Jansen.

Van Vliet nickte. »Desmond Mabaso, Spitzname »Street«. Ein militanter Rädelsführer aus Soweto, der '78 untergetaucht ist. Führt hier wahrscheinlich ein Doppelleben. Einerseits als Musiker, ganz legal, wahrscheinlich sogar mit UNO-Flüchtlingspaß, andererseits ist er mit ziemlicher Sicherheit an gezielten Aktionen gegen südafrikanische Einrichtungen beteiligt. Er ist Sabotagespezialist. Die Sprengstoffanschläge von Brüssel, Dortmund und Langenhorn sind genau seine Kragenweite.«

»Welche Organisation?«

»Jenseits von ANC und PAC.«

»Okay«, sagte Jansen, »kommen Sie, Senff wartet auf uns im Schießstand.«

Durch gepolsterte Lärmschutztüren betraten sie im Keller einen zweischneisigen Schießstand. Senff lehnte an der dunkelgrauen Schaumstoffwand und sah kaum auf, als Jansen ihm das Plakat gab. Senff. Van Vliet hatte von ihm schon gehört. Ein Stiller in der Branche. Ein ganz Stiller. Jansens Kanalarbeiter. Ein Ex-Bulle, der dann LKWs nach Iran, Irak und in die Emirate überführt hatte. Kannte im Nahen Osten jeden Palast und jeden Knast von innen – und war noch am Leben. Jetzt trug er einen Overall mit der Aufschrift Stiebel Eltron und sprach nur mit Jansen.

»Der Trompeter?«
»Ja.«
»Black Power?«
Jansen grinste. »Der Junge muß weg.«
»Und die anderen?«
Jansen zuckte mit den Achseln und sah zu Van Vliet.
»Unwichtig«, sagte der Konsul. »Absolut unwichtig.«
Senff verließ den Schießstand. Jansen nahm ein Gewehr aus dem Koffer und kam wieder zum eigentlichen Geschäft. »Amerikanisches Schnellfeuergewehr. Sehr leicht, mit einer guten Reichweite. Ich schätze, genau das Richtige für die Farmer.«
»Ich will das andere Geschäft forcieren«, sagte Van Vliet. »Das mit dem Land hat noch Zeit, in den Städten aber steigt die Nachfrage enorm. Die Leute fühlen sich nicht mehr sicher.«
Jansen nickte selbstgefällig. »War mir klar nach den letzten Unruhen.«
»Die Gewalt ist nicht nur politisch. Besonders die schwarze Kriminalität eskaliert. Jetzt hängen sie schon sonntags in den Parks rum, trinken Bier, rotten sich zusammen und haben plötzlich ein Messer in der Hand. Mitten im weißen Wohngebiet.«
Jansen ging nicht weiter darauf ein. Van Vliets Probleme, sonst gar nichts. »Für private Mobilmachung kann ich Ihnen die erstaunlich kleine 9 mm-Firestar anbieten, die ausgemusterte Walther P5 und für Frauen diese französische Baby-Automatic. Die paßt in jede Handtasche oder unter jede Achselhöhle. Für Star und Baby habe ich die leichten Schulterhalfter passend, mit Klettverschluß, wo man nicht lange fummeln muß. Magazine extra. Star und besonders die Walther gehen in großen Mengen raus. Und dann habe ich hier noch was Besonderes.« Er

deutete auf einen langläufigen Revolver. »Das ist eine getunte 357 Magnum mit Redfield Zielfernrohr oder mit Nachtsichtaufsatz. Die liegt wegen der Laufgewichte ganz ruhig im Anschlag. Mit der kann man die Dinge auf sich zukommen lassen.«
Make my day, dachte Van Vliet beim Anblick der Magnum. »Dann zeigen Sie mal«, forderte er Jansen auf.
»Mach ich grundsätzlich nicht«, erwiderte Jansen.«
»Sie handeln damit, aber können nicht schießen?«
Jansen ließ sich nicht aus der Reserve locken. Konnte kommen, wer wollte. »Es ist besser, wenn Sie die Waffe selbst testen«, sagte er.
Van Vliet stellte seinen Gehstock zur Seite, griff die Magnum und zielte auf eine Kegelformation, die auf 10 Meter unterhalb der Schießscheiben stand. Brunswick Bowling, las er im Fadenkreuz. Er zog sich Kopfhörer über die Ohren, hielt die Kanone am ausgestreckten Arm und drückte ab. Lautlos schoß er den Red Crown Pins in den gelackten Wanst. Hartholz splitterte, die Kegel hüpften.
Ich kenne wirklich keinen Buren, der nicht schießen kann, dachte Jansen.
»Wieviel sind lieferbar, in welcher Zeit?« fragte Van Vliet.
»300 sofort.«
»Okay. Dazu 200 Firestar, 200 Stupsnasen und 100 Mauser 66. Kriegen Sie das Ganze in 14 Tagen nach Port Elizabeth?«
»Unmöglich. Jetzt sage ich Ihnen zum wiederholten Male, Herr Konsul, daß wir kein Wettrennen machen. Ich kann Ihnen nur das Angebot machen, daß Sie sich in der Alexander Bay einen Kümo besorgen und das ganze Zeug auf Reede übernehmen. Dann braucht die FLORES nicht mehr ums Kap.«

»Einverstanden«, sagte Van Vliet knapp und verließ den Schießstand. Jansen, kaum allein, nahm die Magnum und schoß freihändig, ohne lange zu fackeln, nur einmal. Der Elektromotor surrte, die Scheibe kam näher, doch Jansen sah gar nicht mehr hin. Der schwarze Kern in der Mitte fehlte.

9

Fats hatte überhaupt kein Verständnis dafür, daß Desmond ihn schon am nächsten Morgen in die Ausländerbehörde schleppen wollte. Immer noch sein herrgottsfrüher Betätigungsdrang, dachte Fats. Das geht ja gut los. Und dann lag ihm dieser Spruch auf den Lippen, den Chief, Joshua Hadebe und er immer im Chor ausposaunt hatten, wenn ihnen sein Tatendrang auf den Keks gegangen war: »So aktiv und vernünftig, unser Desmond!« Fats mußte innerlich grinsen. Immer auf Achse, immer ungemütlich, unser Realo. *Real Street Mabaso.* Aber im Moment, mein Freund, da bin ich nicht zu sprechen, sagte sich Fats. Da bin ich beim Frühstück.
»Ich will nur die Lage checken«, sagte Desmond.
»Wozu? Ich hab doch ein Visum«, sträubte sich Fats.
»Solange es gültig ist, ja. Und dann?«
»Noch 4 Wochen, also kein Grund zur Hektik.«
Diese Franzbrötchen schmeckten Fats vorzüglich. Sollte typisch hamburgisch sein. Aha.
»Hektisch wird's am Schluß«, entgegnete Desmond, der sich nicht anmerken ließ, daß ihm die lockere

Art von Fats auf den Wecker ging. Schwarzer Bruder. Bruder Leichtfuß. »Wenn du bis zum letzten Tag mit deinem Asylantrag wartest, kaufen sie dir den Flüchtling nicht mehr ab. Herr Faniso, werden sie sagen, da haben Sie aber ein bißchen lange gebraucht, um sich zu entscheiden, ob Sie nun Flüchtling sind. Sieht wirklich nicht gerade nach Notfall aus.«

»Ich soll politisches Asyl beantragen? Du machst Witze.«

»Du solltest es versuchen«, sagte Desmond, »ich kenn einige Südafrikaner, die durchgekommen sind.«

Leute vom ANC und PAC vielleicht, dachte Fats, oder irgendwelche radikalen Gewerkschafter und Künstler, nicht jedoch er. Er war nicht mehr im Widerstand. Vielleicht sollte er Desmond mal die Wahrheit erzählen. Die volle Wahrheit. Politik interessiert mich nämlich einen Scheißdreck, sollte er sagen und ihm lieber von seinen Stammgästen im KALAHARI HOTEL erzählen, von seinen Sextours nach Soweto und wie er damit Geld gemacht hatte. Richtig Geld.

Und er sollte ihm von Flower Dianne erzählen, die den süßesten Po von ganz Mofolo hatte (nichts haute sie um) und ihn, Fats, auch ohne Geld empfing (was im allgemeinen selten vorkam). Just for fun. Aber das ließ er lieber. Sonst hätte ihn Desmond noch einen Zuhälter genannt.

»Außerdem kriegst du eine Arbeitserlaubnis erst mit dem blauen UNO-Paß«, fügte Desmond hinzu.

»Ich dachte, du hättest auch eine inoffizielle Quelle«, sagte Fats, dem die Aussicht, freiwillig eine polizeiähnliche Behörde zu betreten, zutiefst unsympathisch war.

»Hab ich auch. Aber legale Papiere sind immer noch besser als illegale.«

Kurz nach 12 Uhr betraten sie das Bieber-Haus. Desmond war sportlich gekleidet, trug Jeans und Baseballjacke, während Fats, trotz Hut mindestens einen Kopf kleiner, in Flanellhose, Golfshirt und Tweedjacke steckte. Nur widerwillig war er Desmonds Aufforderung nachgekommen, sich so unauffällig wie möglich anzuziehen. »Wie denn«, hatte er Desmond gefragt, »so was hab ich gar nicht.«

Sie fuhren mit dem Paternoster in den ersten Stock, drängelten sich durch Menschenmengen in den Warteraum 2 und standen schließlich vor den Nummernmaschinchen. Fünf Minuten zu spät, Mittagspause. Die Schaltuhr hatte schon die Ticketausgabe blockiert; Fats zählte sechs Automaten, für jeden Kontinent einer. Plus Ostblock. Hunderte westafrikanischer oder arabischer Augenpaare kontrollierten hin und wieder die aktuellen Einlaßnummern, um sich dann, wenn sie nicht zwischendurch einschliefen, mit großem Hallo irgendwelchen verschollenen Nachbarn zuzuwenden, die man vor x Jahren das letzte Mal in Lagos, Maputo oder Khartoum gesehen hatte. An der Rückwand des Warteraums erblickte Fats ein riesiges Wandgemälde in grellen Farben, auf dem ein Passagierschiff und ein Düsenjet dem leuchtenden Horizont entgegenstrebten und einem psychedelischen Strudel entkamen. Back home, dachte Fats. Und prompt fiel ihm wieder ein, was er schon in Soweto übers Bieber-Haus gehört hatte. *The Bieber-Haus:* Der schnellste Weg nach Afrika. Vorne mit Hoffnungen rein, hinten mit Handschellen raus. Gerüchte, nichts als Gerüchte, beruhigte er sich.

Plötzlich nahm sie ein Ghanaer zur Seite. Der Narbe auf seiner linken Backe nach zu urteilen, vom Volk der Ashanti. Er hatte vorgesorgt und zog aus seinem Jeansanzug, Marke Sheriff, stonewashed, eine Ticketrolle. »Für Langschläfer«, sagte er zu dem verblüfften Desmond, »gültig vor der Mittagspause.« Er riß eine Karte ab und grinste unter der Carrera-Sonnenbrille. Es war ihm ein Vergnügen. Ganz ohne Gegenleistung verschwand er im Gewühl.

Eine Stunde später betraten sie Zimmer 148, zuständig für Afrika. Ein Kenia-Hochglanzposter über einer Aktenwand untermauerte das eindrucksvoll. Ansonsten arbeiteten hier Pop-Fans. Agitpop. U 2 waren gleich zweimal an die Wand gepinnt und standen in der windigen Weite Irlands. Desmond und Fats hatten sich noch nicht gesetzt, da hielt ein Sachbearbeiter schon die Hand auf, die Fats freudig ergriff, und schüttelte. »Scherzkeks«, sagte der Beamte, der nur die wichtigste Gesprächsvoraussetzung in den Händen haben wollte: die Identitätspapiere. Das war doch wohl klar. Er blätterte in Fats' südafrikanischem Paß, wie einer, der Falschgeld zählte.

»Sprechen Sie deutsch?« fragte er Fats.

»Ja«, sagte Fats, der außerdem Zulu und Englisch, leidlich Französisch und das verhaßte Afrikaans sprach – wenn er mußte.

»O.k. Sie können jetzt einen formlosen Asylantrag stellen; woher Sie kommen, wieso und weshalb. Dann gebe ich Ihnen eine Bescheinigung mit, die schon mal belegt, daß Sie überhaupt hier waren und dann bekommen Sie einen festen Termin, an dem wir dann alle Formalitäten erledigen. Das wäre der

übernächste Mittwoch, 9 Uhr. Bis dahin können Sie Ihren Paß behalten.«
Fats hielt sofort die Hand auf, der Sachbearbeiter fuhr fort: »Nächstes Mal bekommen Sie dann für Ihren Paß eine Gestattung, das ist so eine Art provisorischer Identitätsausweis. Außerdem müssen Sie sich *ED*-behandeln lassen.«
»*ED*-behandeln?«
Der Beamte drückte demonstrativ seinen Daumen auf die Tischplatte.
»Fingerprints«, erklärte Desmond trocken.
»Ah, verstehe«, sagte Fats, »falls ich ein Verbrechen begangen habe.«
»Nein, nein«, korrigierte ihn der Beamte, »die erkennungsdienstliche Behandlung stellt nur sicher, daß Sie nicht unter anderem Namen schon mal bei uns waren.«
Und damit wir Sie im Zuge internationaler Amtshilfe leichter identifizieren können, sponn Desmond weiter. Die werfen einen Blick in ihren Fahndungscomputer und fragen sich, ob sie den Fingerabdruck nicht schon mal irgendwo auf einer PAC-Druckplatte in Südafrika gesehen haben, oder ob das vielleicht ein regulärer Soldat des nigerianischen Militärregimes ist. Au Backe, sagen die sich, da ist uns aber was ins Netz gegangen, und fragen sich weiter, ob die da unten vielleicht was damit anfangen können. Und wenn die da unten antworten, na klar, und wie wir damit was anfangen können, das ist nämlich gar kein Regimegegner (was heißt hier überhaupt Regime?), sondern ein gewöhnlicher Krimineller, dann endet die Flucht abrupt in amtshelfender Abschiebehaft.
»Außerdem geht's dann noch zur Untersuchung ins Gesundheitsamt. Wegen Malaria, Aids, Tropen-

krankheiten und so weiter. Wenn wir das hinter uns haben, kommt das Bundesamt. Dann übernehmen die den Fall, und sollten die nun wieder Ihrem Asylantrag stattgeben, dann wären Sie anerkannter Flüchtling im Sinne der Genfer Konvention. So, das wär's. Mehr können wir im Moment nicht machen. Tut mir leid, aber wir sind total überlastet wegen der Ostblockstaaten.« Och, macht doch nichts, dachte Fats, der froh war, all diesen peniblen Untersuchungen zu entgehen.
Nur nichts überstürzen.
Morgen ist ja auch noch ein Tag.

10

Um neun Uhr war Bruno wieder auf den Beinen, überquerte hastig die Ost-West-Straße und betrat die BOULANGERIE FRANCAISE, die einzige Bäckerei in der Stadt, die tatsächlich echte Croissants zustande brachte, wie er sie aus Paris gewöhnt war. Alles andere waren in Brunos Augen luftige, blätterteiggetarnte Milchhörnchen, denen von der Bäckerei-Innung allenfalls das Prädikat ›Typ Croissant‹ zugestanden werden durfte. Wenn überhaupt. Danach stieg er in seinen Jeep und fuhr zum Fruchtgroßmarkt am Hafen, um für die CHRISTOBAL BAR das nötige Frischobst zu besorgen. Höchstpersönlich, obwohl das auch jeder andere Barkeeper hätte erledigen können, doch Barchef Bruno hatte das schon lange festgelegt: »Besorgt ihr den Sprit und ich die Vitamine.« Das tat er mehrmals die

Woche, häufiger als nötig. Ökonomisch war das nicht. Doch darauf kam es Bruno auch nicht an. Die morgendliche Fahrt zum Großmarkt war ein liebgewordenes Ritual, eine feste, zuverlässige Größe, um die Nächte zu vergessen. Nächte zwischen Schickeria und Punks, zwischen Seelenstriptease und Hafenstraße, Nächte, in denen er an der überfüllten Bar seine Spitzen-Daiquiris servierte und gleichzeitig auf der Toilette irgendwelchen Schickimickikoksern ihren Stoff abnahm und zu ihrem Entsetzen (wenn ihnen noch der bunte Cocktailstrohhalm in der Nase steckte) an der Klospülung zog. Touristen und Freier, Verirrte und Verwirrte – dagegen war der Fruchtgroßmarkt zwischen Händlern, Trucks und Schiffskrähnen ein Platz zum Aufatmen. Das reinste Sanatorium.

Er verstaute drei Kartons Orangen und eine Kiste mit Limonen, Grapefruits und Ananas in seinem Cherokee Jeep. Seitdem Desmond bei ihm arbeitete, achtete er sorgsam darauf, daß er dabei nicht versehentlich Outspan oder Cape erwischte. Weniger, weil er sich besonders für südafrikanischen Warenboykott interessierte, sondern eher, um Desmond einen Gefallen zu tun. Danach stand er in seinem Trenchcoat beim türkischen Imbiß, trank einen Mocca und wischte sich Gemüsematsch von den schwarzen Lackschuhen. Schräg unter sich sah er das geschäftige Treiben der Händler und die sich drehenden Onkel Tuca- und Del Monte-Leuchtreklamen, ein Anblick, der ihn jedesmal an die alten Markthallen in Paris erinnerte.

Als er 1962 aus dem Algerienkrieg kam, hatte er die Fremdenlegion vor Ablauf seines Fünfjahreskontrakts verlassen.

Er erholte sich zwei Wochen an der Cote d'Azur,

dachte an seinen Kumpel Yang und kehrte nicht nach Hamburg zurück. 1962, gerade 20, kam Bruno nach Paris. Er behielt für sich, woher und wurde Kellner im TERMINUS NORD, einer riesigen Bahnhofsbar. Die alten Kellner sagten ihm, er wäre zu schnell, so würde er keinen Sou verdienen. Doch Bruno wollte nicht auf mickrige Trinkgelder warten. Er stand ungern neben den Tischen, er wollte hinter den Tresen. 5 Jahre später wurde er Barkeeper in der traditionsreichen BRASSERIE FLAMBAUM, ebensogroß wie das TERMINUS am Gare du Nord, jedoch doppelt so teuer und nur einen Steinwurf vom Boulevard Haussmann entfernt. Im Mai 1968 hatte er seinen ersten Arbeitstag als Chef du Bar. CRS-Bullen stürmten hinter flüchtenden Studenten und Barrikadenkämpfern ins FLAMBAUM und knüppelten los. Madame Flambaum, die alte Chefin, wollte den Kompanieführer entrüstet zur Rede stellen, da wurde ihr schon das Schlüsselbein gebrochen. Eine Studentin in Wildlederjacke kroch vor den niederprasselnden Schlägen schutzsuchend hinter die Bar. Wippende Gummiknüppel reckten sich über ihr zu den Art-Deco-Kronleuchtern. Rohe Gewalt. Bruno kam der Algerienkrieg vor Augen. Frederic, der Algier-Affekt. Er langte nach dem Markisenhaken und schlug zurück. Zwei CRS-Flics gingen zu Boden, und ohne ihre schwarzen Helme wären sie auch nicht mehr aufgestanden. Bruno wurde überwältigt und kam nach La Santé in den Knast. Schon nach wenigen Wochen holte ihn Madame Flambaum mit einem populären Notar wieder raus und stellte ihn wieder hinter den Tresen. »Vergessen Sie nicht, Monsieur Brüno«, sagte sie zu ihm, als er das erste Kanterbräu zapfte, »ohne die Polizei wäre Paris verloren. Trotzdem, vielen Dank.«

Bruno sagte darauf nichts. Auch in den folgenden Jahren, in denen sich das FLAMBAUM gleichbleibender Beliebtheit erfreute, hörte er überwiegend zu. Er hätte sich ohnehin nicht an der Debatte der intellektuellen Gäste über die These des weitgehend verschmähten Regis Debray beteiligen wollen, wonach nur das Kapital von der 68er Revolte profitiert hätte. Zerbrachen sich ihren Kopf, aber hatten ihn nie hingehalten. Tranken ihren Roten. Auf die Revolte. Im Kopf ein laues Lüftchen.
Madame Flambaum begrüßte indes weiterhin die Gäste, unbekannte wie bekannte. Johnny Hallyday, Anna Karina, Serge Gainsbourgh, Juliet Berto. 1972, die alten Markthallen Les Halles wurden gerade abgerissen, verkaufte Madame Flambaum aus gesundheitlichen Gründen ihren Laden und Bruno verließ Frankreich. Es zog ihn in die weite Welt und er heuerte als Barmixer auf der VISTAFJORD an, einem Karibik-Kreuzfahrtschiff. Drei Jahre später, als das Schiff einem russischen Reeder übereignet wurde, endete die letzte Fahrt ausgerechnet an den Hamburger Landungsbrücken, weil die VISTAFJORD bei Blohm & Voss überholt werden sollte. Als Bruno über die Gangway lief, hatte er sich kurz an den Seilen festklammern müssen. Da sah er sich vor über 20 Jahren mit seinem Wäschefahrrad neben den Poldern stehen, Yang und er, abgehetzt, weil sie wieder eine Wettfahrt über die Davidstraße gemacht hatten, angetrieben von Lin Min Yi, dem die Auslieferung nicht schnell genug gehen konnte.
Bruno gab sich einen Ruck, ging an Land und blieb auf St. Pauli. Auf Anhieb fand er einen Job als Barkeeper in der BAR CHRISTOBAL. Lin Min Yi war modernen Münzwaschsalons gewichen, doch Bruno wurde trotzdem ständig an ihn erinnert,

wenn ihm der Wäschebote jeden zweiten Tag die weißen Oberhemden brachte. Yang dagegen entrückte völlig seinem Bewußtsein. Er hatte auch niemanden, mit dem er darüber reden konnte. Und mit Rita, mit der er seinen einzigen freien Abend in der Woche verbrachte, teilte er nur die Sonnenseiten.

Aus Prinzip keine alten Kamellen. Dazu ist das Leben zu kurz, dachte er, als er im Fruchtgroßmarkt sein kleines türkisches Moccaglas abstellte und sich verabschiedete. Er wußte selbst nicht so genau, ob der Algerienkrieg bei ihm besorgniserregende Spuren hinterlassen hatte. Irgendwelche unberechenbaren Macken. Irgendwas Explosives. Wollte er auch gar nicht wissen.

»Tschüs, Mustafa.«

»Tschüs, Bruno. Bis morgen dann.«

Einiges muß man hinter sich lassen. Muß man einfach vergessen. Nützt ja nichts.

11

Als er aus der Ausländerbehörde kam, sich in Desmonds altem Peugeot Kombi zurücklehnte und zum Bahnhofsvorplatz sah, wo peruanische Indios in ihre Holzflöten bliesen, fühlte sich Fats zwar deutlich besser, aber immer noch mulmig. Die fröhlich beschwingten Andenlieder, direkt unter den Augen der Ausländerbullen, klangen wie Stoßgebete zum grollenden Berg. Wer weiß, was diesen Beamten

noch so alles einfällt, dachte Fats. Man war besser nicht in ihrer Reichweite.
Sie fuhren nach Altona, wo Isabelle in einem kleinen Plattenladen jobte. Desmond wollte sie zur Generalprobe der DRAMA STARS abholen, die abends einen Auftritt im DOCKS als Vorgruppe des senegalesischen Stars Youssou N'Dour hatten. Isabelle begrüßte Fats herzlich, dem es sichtlich unangenehm war, ihr einen ziemlich ramponierten Blumenstrauß zu übergeben. Irgendwie hatte er sich draufgesetzt.
»Genauso hab ich dich mir vorgestellt«, sagte Isabelle.
Die sieht ja noch besser aus als auf dem Plakat, dachte Fats. Unverschämt gut. »Desmond hat dir ein Photo von mir gezeigt«, antwortete er.
»Ohne Photo«, lachte sie. »Wie war der Flug?«
»Wunderbar«, rutschte es ihm raus. Besonders, als sein Retter Schirmer den Steuerknüppel losgelassen hatte, hinter sich in einer Kühlbox kramte, bis er endlich die Roastbeefsandwichs fand, eine halbe Tube Remouladensauce draufdrückte und die Cessna sich selbst überließ. (Der Steuerknüppel ruckte wie von Geisterhand, ein Tick links, ein Tick rechts, und Fats hatte Schirmers mächtigen Appetit beim besten Willen nicht nachvollziehen können.)
Sie fuhren auf das Parkdeck eines Kaufhauses und nahmen den Lift in die Lebensmittelabteilung, um die Einkäufe für den Abend zu erledigen. Fats sah sich um. Wenn ich mich bei Desmond und Isabelle schon als Dauergast einquartiere, dachte er, dann kann ich mich wenigstens um ein vernünftiges Geschenk kümmern. Ein Geschenk, das Musikern hundertprozentig gefällt. Fats sagte, er wäre etwas unpäßlich und verabschiedete sich zur Toilette.
Ein paar Minuten später durchquerte er ganz locker

den Hifi-Verkaufsraum des Kaufhauses. Ein Verkäufer drehte ihm den Rücken zu.
Fats fühlte nichts, als er zielstrebig den größten tragbaren Radiorecorder vom Regal herunternahm, das Preisschild abriß und direkt zur Kasse ging. Ein Gerät der Sorte *straßentauglich,* wie es die Brüder in den Staaten gerne mochten, wenn sie ihre Message ausposaunten. Er dachte an die Rapper Big Daddy Kane, Ice Cube und wie sie alle hießen, nörgelnde und sprudelnde Wortkaskadeure, deren gereimte Wut in Südafrika verboten war. Alles was selbstbewußt, aufmüpfig und schwarz war, kam auf den Index. Albern, wie Fats fand. Schließlich konnte man PUBLIC ENEMY auf dem Schwarzmarkt kaufen. Außerdem, was hieß schon militant? Ob nun Black Muslim-Hardcore Rap oder Prince und Madonna, die Leute in Soweto wollten was zum Tanzen, wollten ihr Vergnügen. Die Message kam woanders her. Kam nicht aus New York und nicht aus Chicago. Die Message war afrikanisch und kam aus Afrika, kam von den eigenen Leuten. Mandela, Biko und heute Mzwakhe, der Township Poet. Und jetzt war er echt gespannt, wie sich Desmond Mabasos DRAMA STARS anhören würden. 2 x 20 Watt. Mehr war in diesem Laden nicht zu kriegen.
Fats spürte die mißtrauischen Blicke des Verkäufers in seinem Rücken, als er der Kassiererin das Gerät vor die Nase stellte. Aus den Augenwinkeln sah er den Verkäufer, der sich nun wieder seiner Arbeit zuwandte. Die Kassiererin drehte den schweren MC/CD-Double Twin Blaster mit großer Mühe hin und her und sah Fats skeptisch an.
»Funktioniert leider nicht mehr«, sagte Fats, »möchte ich reparieren lassen.«

»Aber ... der ist ja noch ganz neu!«
»Ja, so schnell geht das. Gestern gekauft und heute schon im Eimer.«
»Da sind Sie hier aber falsch«, sagte sie.
»Unmöglich!« erwiderte Fats. »Hab ich hier gekauft. Gerade an Sie kann ich mich noch besonders gut erinnern. Sie sind mir richtig aufgefallen!«
»Echt? Sie meinen mich? Das ist aber nett! An Sie kann ich mich leider gar nicht mehr so genau erinnern«, bedauerte sie.
»Kein Wunder, bei dem Trubel.«
»Was ich sagen wollte: Unsere Reparaturabteilung ist in einem anderen Haus. Verstehen Sie?«
»Oh, ja, ich verstehe«, sagte er. Genau das, was er hören wollte. »Vielen Dank.« Er tippte an seinen Hut und ging los.
»Halt! Halt!« schrie sie plötzlich. »Warten Sie!«
Fats verschluckte sich und ließ beinahe den Recorder fallen. Langsam ging er zurück. Cool, Mann.
Der Verkäufer reckte mißtrauisch den Hals. Das Hin und Her kam ihm afrikanisch vor, und er fragte sich, wieso Fräulein Grimm so zuvorkommend war. War sie doch sonst nicht. Allein was dieser Neger für Klamotten trug. Konnte sich doch kein Mensch leisten. Mit einer Da-stimmt-doch-was-nicht-Miene legte er sein Etikettiergerät zur Seite.
Die Kassiererin sah Fats freundlich an, als sie ihm das Gerät nochmals aus der Hand nahm und einen pinkfarbenen Endloskleber um den Recorder wikkelte.
»Damit keiner denkt, Sie hätten ... na, Sie wissen schon!« Dazu machte sie eine eindeutige Handbewegung und fuhr fort: »Stellen Sie sich mal vor, der Hausdetektiv hätte Sie erwischt! Probleme über Probleme, das sag ich Ihnen. Alles klar?«

»Klar«, sagte Fats erleichtert. »Also, so was Nettes. Bis zum nächsten Mal.«
Sie lachte ihm hinterher, bis der Verkäufer kopfschüttelnd zur Kasse kam. Fats ging seelenruhig zum Lift. Er sah sie noch mit dem Verkäufer zusammenstehen, der nicht zu begreifen schien und die Kassiererin immer wieder dasselbe fragte. Sind Sie sicher, daß er den Double Twin Blaster bei Ihnen nicht bezahlt hat? Ja, würde sie antworten. Er hat *nicht* bezahlt, würde er noch mal fragen. Nein, wieso auch? Das gibt's ja wohl gar nicht, würde dann der Verkäufer plötzlich sagen und 2 und 2 zusammenzählen.
Fats grinste. Fast wäre der Fahrstuhl ohne ihn abgefahren.

Er sprintete über das Parkdach, sprang mit dem Ghettoblaster in den Peugeot und stellte ihn Isabelle auf den Schoß.
»Ein kleines Geschenk für dich, Isabelle.«
»Für mich? Wirklich?«
»Ich denke, du hast kein Geld mehr«, sagte Desmond beim Anblick der Riesenkiste.
»Hab ich auch nicht«, entgegnete Fats grinsend. Desmonds Gesicht erhellte sich. Der alte Trick, dachte er. Sie sahen sich an und lachten. Sausten die spiralförmige Rampe runter und bogen in den fließenden Verkehr vor dem Kaufhaus ein. Richtung St. Pauli. Richtung Übungsraum.
Erst im Auto bekam Fats feuchte Hände. Die Angst kam mit Verspätung.
Wie immer.
Und als er darüber nachdachte, was gewesen wäre, wenn sie ihn erwischt hätten, nahm er sich vor, den Kinderkram in Zukunft zu lassen.

Wie immer.
Kurz darauf holten sie Tochter Jabu aus dem Kinderladen ab. Sie war sechs, trug ihre Rastalocken wie einen Springbrunnen auf dem Kopf und hatte Fats schon in ihr Herz geschlossen, als sie in den Wagen sprang. Endlich mal einer, mit dem man rumalbern konnte.
»Was ist das?« fragte sie ihn. »Ist rot, schwimmt im Wasser und wird nicht naß.«
»Keine Ahnung«, antwortete Fats wahrheitsgemäß. Woher auch.
»Tomate im U-Boot«, erklärte sie triumphierend und strahlte. »Gut, nä?«
Da konnte er nicht nein sagen. »Klar doch.«
»Ich find ihn blöd«, sagte Jabu plötzlich. »Genau wie Rudi. Der gibt immer mit seinen Witzen an.«
Jabu hatte trotzdem noch allerhand auf Lager, und sie kicherten ohne Unterlaß, wobei Fats darauf achtete, nicht zu früh irgend etwas gut zu finden. Könnte ja von Rudi sein. Dieser Nulpe.

12

Senff fuhr nach Wedel, wo sein Partner Löffler in einem schmucken Einfamilienhaus lebte, ziemlich genau an der Hamburgischen Grenze. Es war ein schöner Sommerabend und Senff hatte seinen 190er Benz bei einem befreundeten Osdorfer Autohändler gegen ein nagelneues Le Baron Cabrio eingetauscht, das er mal zur Probe fahren sollte. Direkt am Klövensteener Waldrand sah er Löffler auf einem

Mountain Bike vor sich herradeln. Trug lange blonde Haare, ein Schweißband um die Stirn und einen Silberohrring. Sah aus wie ein Freak. War aber keiner.

»Was für ein Konzert?« rief ihm Löffler außer Atem zu, als sie auf gleicher Höhe waren.

»Was afrikanisches«, rief Senff.

Sie bogen nebeneinander beim Haus ein.

»Afroscheiße«, sagte Löffler, als er von seinem Raleigh stieg, »muß ich mir das wirklich anhören?«

Senff nickte. »Ist besser so. Dann weißt du, wen du vor dir hast.«

Sie betraten das Haus, Löffler duschte, wechselte die Klamotten und schlüpfte in seine Mescalero Boots.

»Dann klär mich mal auf«, sagte er.

»Unser Junge ist nicht ohne. Hat schon in Afrika ein paar Bullen umgelegt und scheint hier mit Sprengstoff rumzuspielen. Zu wem er gehört, ist noch nicht klar. Musik macht er nur zum Spaß.«

»Hört sich ja bombig an«, sagte Löffler.

Sie arbeiteten seit Jahren zusammen. Senff war Zivilbulle auf dem Kiez gewesen, ehe er sich selbständig machte und als Fernfahrer in Krisengebiete fuhr. Risikogeschäfte. Mercedes-Ersatzteile nach Teheran, Klimaanlagen, Dieselaggregate, Außenbordmotoren und Wasserski nach Beirut. Dort hatte er Löffler richtig kennengelernt.

Der Libanon war ein »Blade Runner Job«, wie er es später nannte. Die Leute spielten verrückt. Außerirdische Fanatiker. Man wußte nie genau, mit welcher Miliz man es zu tun hatte. Besonders in Westbeirut. Freund oder Feind. Alle gegen alle. Es war im Herbst 1977 in einer Waffenstillstandsphase, als er einen Volvo-Truck durch die syrischen Panzersperren nach Beirut fuhr. Er war froh, daß ihm sein Spediteur einen Fruehauf-Container aufgelegt hatte, da ließ sich so schnell nichts aufschlitzen. Er lieferte an Fouad, einen moslemischen Mercedeshändler in der Rue Damas, ein Mann, der in seiner Garage mit Dartpfeilen warf. Über die Wurfscheiben hatte er zwei Zeitungsphotos gehängt. Eins war vom Palästinenserführer Jumblatt, das andere von Gemayel, dem Falange Chef. Fouad stand zwischen allen Fronten, auch geographisch, und wollte eigentlich nur Geschäfte machen. Als Senff bei seiner Garage vorfuhr, war Fouad nicht mehr da. Dafür aber andere Herren. Man konnte mit jedem Geschäfte machen, dachte Senff, nur nicht jetzt. Mitten im Deal umzukippen und die Ware anderen zu übergeben, konnte böse ins Auge gehen. Und nach Lieferschein sahen die nicht aus. Er sah im Rückspiegel, wie sie unter dem zerschossenen Stahlrollo auf die Straße traten und ihm verbüfft nachsahen.

Er fuhr am Museum über den Checkpoint Charlie ins Christenviertel, vorbei am geschlossenen Cinema RIVOLI, wo über dem glaslosen Eingang noch vier Steckbuchstaben hingen: F-L-I-C, Melvilles letzter Film. Nur nicht nervös werden, sagte sich Senff. Die Fracht war sowieso ein Witz. Mercedes-Rundumverglasung. In dieser Stadt. Mitten im Bürgerkrieg, in der schönsten Ballerei. Aber die Leute waren ja so hoffungsvoll.

Er hielt am Riad Solh Platz am HOTEL GENEVE, telefonierte mit einem Kontaktmann seines Spediteurs und wartete auf ihn an der Hühnchenbude Ecke Rue du Port, deren Besitzer häufig zwischen fünf und neun Uhr, während abendlicher Feuerpausen, die Stahlverbarrikadierung hochklappte und sich dann über mangelnde Kundschaft nicht beklagen konnte. Man genoß es, unter freiem Himmel zu stehen. Eine Hühnchenkeule lang in Frieden. An der Bude stand auch Löffler, der früher Kies- und Betonfahrer in Seevetal gewesen war und dem Senff schon ein paarmal am syrisch-libanesischen Grenzübergang Masnaa begegnet war, oben auf dem Berg. Löffler trank Heineken und grinste ihn am Hühnergrill müde an. Mit glasigen Augen. Hat wahrscheinlich Pot geraucht, dachte Senff. Schwarzer Libanese. Der Kontaktmann seines Spediteurs, ein gewisser Lumière, der eine Camping Gaz-Vertretung hatte und sich an Stromausfällen dumm und dämlich verdiente, ließ nicht lange auf sich warten und wollte Senff zu einem »autorisierten Nachfolger« Fouads bringen. Fouad wäre geschäftsmäßig eine Hure gewesen (er entschuldigte diesen Ausdruck) und nun sei er tot.

Es war zügig dunkel geworden. Sie wollten gerade auf den Volvo steigen, als sie von einer rechten Falange Miliz umringt wurden. Sie waren zu dritt, schwerbewaffnet und brüllten seinen Kontaktmann an. Senff verstand kein Wort Arabisch. Nur *Maa Al-Salamah,* das verstand er. Auf Wiedersehen. Dann fiel ein Schuß und sie schleiften den Kontaktmann um die Ecke. Vom Hühnerimbiß kam jetzt ein vierter Mann herüber, hochaufgeschossen, in rotem Rollkragenpulli, einer von denen, die er bei Fouad schon gesehen hatte, einer, der was zu sagen hatte. Tiger Miliz, dachte Senff. Echte Scheiße. Die Knarre lag hoch oben unter dem Fahrersitz.

»Deutsch?« fragte der Mann.

»Ja«, sagte Senff.

»Gut. Wohin damit?« Er nickte zum Truck.

»Fouad, Rue Damas.«

Der Mann pfiff durch die Zähne. »Ein Muslim. Hat geschlossen. Fermé. Für immer.«

»Okay«, sagte Senff und ihm fielen die Belgier im Westteil ein. »Union Garage, Rue Spears.«

Der Mann schüttelte mit dem Kopf. »Palästinenserfreunde«, sagte er und spuckte auf die Erde. »Und du?«

Ein Scheißspiel. Senff fiel nur noch der Standardsatz ein, den er als Bulle so häufig heruntergeleiert hatte: Alles was Sie jetzt sagen, kann gegen Sie verwendet werden. Doch der Falangist war kein Bulle, gab sich mit Schweigen nicht zufrieden und hielt ihm eine Pistole vor die Nase. Vielleicht wollte er auch gar nichts mehr hören.

»Truckdriver«, sagte Senff. »Sonst nichts.«

Ein anderer nahm ihm trotzdem den Autoschlüssel ab und stieg in den Lkw.

Senff sah Löffler wie bekifft über den Platz spazieren und langsam näher kommen. Unendlich langsam, und Senff dachte, mein Gott, mach schnell Mann, als der Milizboss vor seinen Augen die Pistole entsicherte und er das silberne Kreuz sah, das über dessen rotem Rollkragenpulli baumelte. Christlich war das nicht.

Löffler kickte seine Bierdose weg.

Senff starrte in die Mündung.

Der Falangemann im Volvo rief seinem Boss etwas zu.

Der Milizchef fuhr herum.

Löffler stand schon vor ihm und hatte eine Steyr in der Hand. Er schoß ohne zu zögern. Man sah kein Blut auf dem roten Pulli, als es den Milizchef umwarf, und oben im Volvo hörte man den anderen Falangemann fluchen, weil er statt der MP den Autoschlüssel in der Hand hatte und das nicht mehr schnell genug ändern konnte. Die Uzi bekam er nicht mehr in Anschlag, das begriff er noch, als

Löffler ihm schon durchs Seitenfenster des Volvos in den Kopf schoß.
Wie gut, daß ich noch kein Sicherheitsglas habe, dachte Senff und riß den Toten an seinem MP-Lauf vom Bock.
»Spring in den Wagen«, schrie er Löffler zu, der vergeblich versuchte, dem Toten die Autoschlüssel aus der Hand zu nehmen, während sie hinter dem Truck aufgeregte Stimmen hörten.
Senff griff nach dem Zweitschlüssel in der Saure-Drops-Dose. Er ließ den Wagen an. Bei der Hühnchenbude saßen noch ein paar Katzen vor dem Grill. Alle anderen hatten sich eilig verkrümelt, aber hinter ihnen war die Hölle los. Eine MP-Salve ratterte. Der Rückspiegel zersplitterte und ein Zwillingsreifen platzte, als sie in die Abdel Kader bogen und Senff in der Kurve sehen konnte, daß ihnen keiner folgte.
Auch Löffler kannte schon Fouads »autorisierten Nachfolger«. Hechaime saß in Westbeirut hinter einem schwerbewachten, schmiedeeisernen orientalischen Tor. Er war Palästinenser und Optimist, was die Lage anging, nahm nicht nur die Fracht, sondern auch den Truck, bezahlte in US-Dollar und brachte Senff und Löffler nach Damaskus. Im Hotelkasino des Flughafens bestellten sie Krimsekt, stießen übermütig auf Beirut an (Auf daß du nicht untergehst, Baby!) und lernten Jansen kennen, der ebenfalls aus Hamburg kam und kühles britisches Understatement an den Tag legte.
»Würden Sie für mich einen DAF-Sattelschlepper nach Bagdad bringen?« fragte er.
»Das ist der Mann, der noch was in den Irak vertickt, obwohl die Grenze dicht ist«, flüsterte Senff etwas angeheitert und nicht ohne Ironie, denn Han-

seaten, das sah er an seinem Spediteur, waren häufig Kleinkrämer und nicht unbedingt auf dem neusten Stand.
»Wen er da wohl alles kennen muß«, antwortete Löffler.
Sie schielten zu Jansen. Ein Gesicht aus Stein. Nicht die Spur einer Regung. Ein eiserner Vorhang.
»Aber geht mich ja auch nichts an«, schob Löffler hinterher. Vorsicht ist die Mutter der Porzellankiste.
»Wieviel?« fragte Senff.
»6000 pro Nase, plus Returnticket Hamburg«, sagte Jansen.
Senff stieß Löffler fragend an. Der nickte bloß und schob den Krimsekt weg. Schmeckte nicht mehr, das Zeug.
»Haben Sie auch was aus dem Westen?« fragte er den Barmann.
Die Fahrt nach Bagdad verlief reibungslos. Jansen hatte tatsächlich erstklassige politische Beziehungen, und als Damaskus immer mehr zur Nahost-Drehscheibe des internationalen Waffenmarkts wurde, wickelten Senff und Löffler dort seine heiklen Transporte ab. Echte Probleme hatte es dabei für Senff nie gegeben. Genausowenig wie zu der Zeit, als er noch Zivilbulle war.
»Job ist Job«, sagte er zu Löffler.
Ob ich nun abgedrehten Arabern in Teheran oder flippigen Anarchos am Fischmarkt auf den Zahn fühlen muß – wo ist da schon der Unterschied?

13

Die Proben der DRAMA STARS fanden im Gemeindesaal der St. Pauli-Kirche statt, die über dem Hafen lag und in der die Pfarrer während der Predigt zum Mikrofon greifen mußten, wenn drüben bei Blohm & Voss die Schneidbrenner angemacht wurden. Dann wurde es laut, was der überwiegende Teil der Gemeinde für weitaus lebendiger hielt als den 800. Hafengeburtstag. Lieber blaue Funken auf der Werft als ein Millionenfeuerwerk am Himmel.
Desmond erzählte Fats von dem afrikanischen Pfarrer Eric Totty, der zu den wenigen anerkannten Asylanten zählte, die aus Ghana kamen. Ein Privileg, das ihm gegenüber seinen Landsleuten immer wieder unangenehm war.
»Der Mann ist Gold wert«, sagte Desmond, als sie den Gemeindesaal betraten. »Hat schon viele unterm Kirchendach versteckt und ihnen den Hals gerettet. Erst letzte Woche hat er einen gewissen Agyaaku aus Ghana, der illegal als amerikanischer Preisboxer Tommy King, Atlanta, Georgia, auf dem Dom boxte, vor der Abschiebung bewahrt. Totty kannte ihn von früher aus Ghana, als King alias Agyaaku noch hoffnungsvolles Boxertalent in Accra war. Pfarrer Totty stand früher selber mal im Ring.«
Fats begrüßte erst artig Pfarrer Totty und stürmte dann auf den Trommler der DRAMA STARS zu; Joshua Hadebe, der damals mit Desmond und Chief geflohen war und dessen schwarzes Kraushaar inzwischen einige graue Strähnen durchzogen.

Und dann fiel Fats aus allen Wolken. Am Baß stand die schöne Schwarze. Er war entzückt. Eine Zulu-Königin, schlank, energisch und anmutig. Und einen strammen Po in der Jeans, genau wie er es mochte. Konnte man ein Tablett drauf abstellen, wenn sie ihn rausstreckte.
Er lümmelte sich lässig auf den zur Seite gestellten Holzbänken, beobachtete gelangweilt die Probe der DRAMA STARS, machte Sally, der Bassistin, vergeblich schöne Augen, schnippte Asche in eine aufgeschnittene Thunfischdose und blies blaue Ringe empor zum Kirchenfenster.
Gegenüber saß Pfarrer Totty. Sein Fuß wippte im Takt der Musik. Neben ihm stand ein mit Briefen gefüllter Karton. Von Zeit zu Zeit kamen Afrikaner herein (einige noch mit Koffern), grüßten den Pfarrer und fragten nach, ob er Post für sie habe oder brachten selbst welche mit.
Fats trat hinzu und sah fasziniert in den Postkarton: stapelweise Briefe, Karten und Luftpost, nach Ländern sortiert. Angola, Moçambique, Nigeria und Zaire. Für alle, die keine feste Adresse hatten. Ein Postfach für Illegale.
Desmond hatte Fats schon davon erzählt. Pfarrer Totty führte eine Tradition weiter, die es schon vor zwölf Jahren im LISBOA gegeben hatte, einem beliebten portugiesischen Restaurant an den Landungsbrücken, wo unter dem Tresen ein vollgestopfter Postkarton stand. Das LISBOA war in diesen Jahren erster Anlaufpunkt für Seeleute aus den ehemaligen portugiesischen Kolonien und außerdem afrikanische Informationsbörse. Gerade als die Schickeria das LISBOA entdeckte, zerstörte ein überraschender Brand nicht nur das schwere Zederninventar, auch tausende hoffnungsvoller afrikani-

scher Zeilen standen in Flammen. Der Postkarton war nicht mehr.
Desmond spielte die Trompete gestopft, sehr schön, wie Fats fand. Er setzte sich neben Pfarrer Totty.
»Bist du nur fürs Gebet und die Post zuständig?« fragte er Totty.
»Manche suchen Trost und andere 'nen Farbfernseher.«
»Ich brauche Gummistiefel.«
Der Pfarrer war nicht überrascht. Er hatte schon alles mögliche gehört. Und alles Unmögliche. »Draußen im Schuppen«, sagte er. »Bedien dich.«
Als die DRAMA STARS ihre Probe mit einer Improvisation zwischen Kwela und Jazz beendeten, hatte Fats gerade die Gummistiefel angezogen und sich einen Bauhelm aufgesetzt. Der Holzboden vibrierte, als er mit dem Gummistiefeltanz begann. Dabei zwinkerte er der schönen Sally zu, doch sein aufmerksamster Zuschauer war Desmond, der auf die schnellen Schritte starrte, auf die Ritzen im Holzfußboden, wo nach jedem Stampfer kleine Staubwolken aufstiegen. Vor seinem inneren Auge sah Desmond *nackte schwarze Füße, knarrenden Holzfußboden, umgestoßene Wassereimer und ein nasses Huhn unter der Veranda, das rotgelben Staub aufwirbelte.* Er sah *Soweto.*
Fats klatschte im schnellen, hüpfenden Rhythmus in die Hände und schlug sich knallend auf die Unterschenkel. Er beherrschte den Minentanz perfekt. Kein Wunder, dachte Desmond. Hat ja auch jahrelang den Hotelclown gespielt. Er ärgerte sich, daß Fats diese Touristennummer abzog, aber er ärgerte sich noch mehr über sich selbst, daß er alles so ernst nahm. Fats wurde inzwischen angefeuert und genoß es, im Mittelpunkt zu stehen. *Attention! Attention!*

Doch dann übertrieb er, rotierte mit dem Unterleib und fiel der Länge nach hin. Desmond konnte sich ein Grinsen ebensowenig verkneifen wie Sally, die Bassistin. Pfarrer Totty lachte. Und Jabu lachte aus vollem Hals. Sowas hatte die Kirche noch nicht gesehen.

14

In Osdorf tauschte Senff den Chrysler Le Baron wieder gegen den Mercedes und sie fuhren über die Sülldorfer Landstraße stadteinwärts.
»Ziehst du dir ab und zu noch was rein?« fragte Senff nebenbei.
»Was reinziehen?«
»Dope.«
»Witzbold«, sagte Löffler. »Der letzte Joint war im Libanon.«
Wer's glaubt, wird selig, dachte Senff. Durchtrainiert und angeknallt, anders kriegst du doch nichts auf die Reihe.
Auf dem Kiez fanden sie einen Parkplatz vor Paul Hundertmarks Western Store, mit viel Glück, denn außer bei den DRAMA STARS gab es volle Häuser bei CATS, FREDDY QUINN und DEN BLAUEN JUNGS im SCHMIDTS. Sie waren spät dran und betraten das DOCKS. Die DRAMA STARS spielten schon und Löffler verkrümelte sich nach den ersten Takten in die darüber liegende PRINZENBAR. Afroscheiße, wie gesagt.
Senff hatte Mühe, sich zur Bühne vorzudrängeln.

Mabaso, der Bursche, auf den es ankam, spielte vorzüglich Trompete, fand Senff. Das überwiegend afrikanische Publikum applaudierte begeistert, und er hätte beinahe mitgeklatscht. Der letzte Song, TOWNSHIP JIVE, war dem Südafrikaner Walther Sisulu gewidmet, der wie Mandela seit knapp 30 Jahren im Knast saß und gerade aus der Haft entlassen worden war.
Das Konzert dauerte bis weit nach Mitternacht und Löffler war tierisch genervt. Er war immer genervt, wenn er zu lange rumsaß, keine Bewegung hatte, keine Action. Und die Mädels hinter der Bar bauten einen auch nicht gerade auf. Die eine hatte so lange Fingernägel, daß sie kaum eine Flasche halten konnte, und die andere sah einen überhaupt nicht an. Zog die arrogante Nummer ab. So schön war sie nun auch wieder nicht. Außerdem war es an der Zeit, mal nach dem Rechten zu sehen. Das hatte er mit seinem Perrier-Wasserbauch im Urin.
Im selben Moment sah Senff im Foyer den Trompeter auf den Ausgang zusteuern. Er drängelte durchs Gewühl hinterher. Löffler hielt ihm schon die Tür auf. Wenn man ihn braucht, ist er da, dachte Senff. Sie sahen den schwarzen Burschen zur anderen Seite der Reeperbahn schlendern, sprangen in den Mercedes, umkurvten den leergeräumten Spielbudenplatz und erwischten ihn wieder beim Pferdewettbüro, wo er plötzlich in die Talstraße einbog – Einbahnstraße.
»Er läuft zur Simon«, sagte Löffler, sprang aus dem Wagen und folgte Desmond zu Fuß. Senff mußte einen Riesenbogen über die Holstenstraße fahren, und als er am anderen Ende der Talstraße ankam, sah er sie hintereinander die Simon-von-Utrecht-Straße überqueren. Der Afrikaner lief an ihm vorbei

und verschwand gegenüber in der BAR CHRISTOBAL.
Löffler stieg wieder ein, und sie fuhren langsam an der hellerleuchteten Frontscheibe der Bar vorbei. Desmond ging gerade mit Putzeimer und Schrubbesen in die Toilette.
»Der arbeitet als Putze für Bruno«, stellte Senff fest.
»Du kennst den Barmann?« fragte Löffler.
»Ja«, sagte Senff, aber er sagte nicht woher.
Schulfreund wäre auch zuviel gesagt. Klassenkamerad, neun Jahre lang, Schule Seilerstraße. Man versuchte, sich nicht in die Quere zu kommen. Dabei hatte er Bruno am Anfang, als sechsjähriger Knirps, sogar gemocht, weil er sich in der Schule nichts bieten ließ. Wenn der Klassenlehrer sie mal wieder aus disziplinarischen Gründen eingesperrt hatte, wartete Bruno keine Sekunde darauf, daß irgend jemand kam und sie da rausholte, sondern schob einen Tisch an die Tür, durchschlug das Oberlicht und sprang auf den Flur. Nach einer gewissen Zeit war Senffs Bewunderung abgeflaut. Was ihn betraf, war ziemlich schnell klar, daß er Bulle werden wollte, für Bruno dagegen war gar nichts klar, außer Rock 'n' Roll natürlich, und wo er mit seinem Chinesenkumpel einen draufmachen konnte. Später, nachdem sie sich für Jahre aus den Augen verloren hatten, etwa 1976, war Senff ein entschlossener Zivilbulle und Bruno ein verschwiegener Barkeeper. Keine idealen Voraussetzungen, um wieder ins Gespräch zu kommen.
Und auch jetzt hegte Senff dahingehend keine besondere Hoffnung.
»Sehen wir uns den schwarzen Burschen mal an«, sagte er zu Löffler und nahm sicherheitshalber eine Polizeimarke aus dem Handschuhfach.

Desmond scheuerte gerade den Toilettenvorraum und wunderte sich überhaupt nicht über die beiden Typen, die die Bar betraten. Der blonde Freak war ihm auf der Talstraße schon hinterher gelaufen. Das merkte er immer schnell, weil Verfolger mit seinen langen Beinen nur schwer unauffällig Schritt halten konnten.

»Hallo, Bruno. Wie läuft das Geschäft?«

»Ah, sieh an, Senff. Ewig nicht gesehen.«

Noch immer dieselbe, altbekannte Haltung, dachte Senff, als er Bruno taxierte. Hohe Barkeeper-Schule, ohne Meßbecher. Greift das Spritregal rauf und runter, gießt irgendeinen mysteriösen Karibikpunsch zusammen – 2 cl hier, ein Spritzer da – und hat trotzdem den ganzen Laden im Auge. Nach außen hin locker, aber im Inneren jederzeit startklar, die Alarmanlage im Hinterkopf. Ganz genauso wie damals, als er einem schwabbeligen, feisten Restaurantbesitzer den Arsch gerettet hatte.

Ein paar ausgeflippte Vögel, von denen einige Victory-Zeichen auf ihren ärmellosen Jeanswesten trugen, hatten den fetten Kerl angepöbelt, weil er mit seinen Nobelläden die Schickeria ins Viertel holen würde. Der Dicke war sich keiner Schuld bewußt. Er wollte diskutieren. Da gibt's nichts zu diskutieren, sagten die Burschen. Ach, komm, sagte der Dicke, wir trinken einen, der Kiez ist doch für alle da. Aber nicht für dich, sagten sie. Der aufgeblasene Kerl stellte immerhin noch ordentlich sein Whiskyglas ab und wehrte sich mutig. Senff hatte sich zurückgelehnt, gespannt, was Bruno unternehmen würde. Die Typen warfen den Dicken zu Boden, traten auf ihn ein und dachten, als Bruno plötzlich vor ihnen stand, naja, nun sag schon deinen Text auf. Aber der sagte nichts. Man sah ihm überhaupt

nichts an. Man sah nur ein paar überraschende, ansatzlose Schläge. Direkt auf die Ohren, ohne Vorrede. Bruno brachte den Mann im Bierkeller in Sicherheit. Als Senff wieder in seinen Fiesta stieg, hatte er noch beobachten können, wie Bruno sich abmühte, den schwergewichtigen Kneipier durch die Bierluke nach oben zu stemmen, während der sich, undankbar und besoffen wie er war, lauthals krakelend darüber beschwerte. Die Kraftmeier warteten unterdessen stur vor dem Eingang und merkten nicht, wie der Dicke über die Seitenstraße entkam.
Ich hätte für die trübe Tasse keinen Finger gerührt, dachte Senff. Weder als Bulle noch als Barkeeper. Doch Bruno hatte noch sowas wie Berufsethos. Der Kunde ist König. Egal wer.
Bruno starrte ihn unverwandt an. »Also?« fragte er.
»Was, also?« sagte Senff.
»Darf ich den Herren ein Likörchen anbieten?«
»Noch immer die vorlaute Nummer, Bruno?«
»Trägt zu meinem Charme bei.«
»Was ist mit dem Kerl da?« fragte Senff.
Desmond stand mit dem Rücken zu den beiden Männern, halbverdeckt von einer Säule, mitten im Saal, und wrang einen Feudel aus. Bruno trat zwischen sie.
»Jetzt Ausländerbulle, Senff? Meinen Glückwunsch. Von der Sitte schafft nicht jeder den Absprung.«
Senff kniff die Augen zusammen. Am liebsten hätte er ihm was an die Backen gegeben, dieser arroganten Sau. Verflixt, ärgerte er sich, gewöhn dir jetzt bloß nicht das Denken an. Schlag zu, und Ende. Besonders bei Bruno. Der hat den 7. Sinn.
»Du weißt doch, daß hier kein Illegaler arbeitet«, sagte Bruno weiter.

Senff wandte sich unbeirrt an Desmond.
»Deinen Paß, bitte.«
Ohne sich umzudrehen, gab ihm Desmond seinen UNO-Paß.
»Desmond Mabaso. Südafrikaner. Aufenthaltsgenehmigung unbefristet«, las Senff vor und warf noch einen Blick auf die Meldebestätigung. Eidelstedter Weg. Er hatte gesehen, was er wollte und klappte den Paß zu.
»Tschüß, Bruno.«
Desmond und Bruno sahen sich kurz an, als Senff und Löffler gegangen waren.
»Jetzt kannst du mir ein Likörchen anbieten«, sagte Desmond. Heiliger Strohsack, der Bulle war kein normaler Bulle.
Mehr fiel ihm dazu nicht ein.

15

Desmond hatte Isabelle in einer Black-is-beautiful-Phase kennengelernt, in einer Zeit, in der es einige Frauen todschick fanden, mit einem Schwarzen durch die Gegend zu ziehen, um ihr angeknackstes Sozialprestige aufzumöbeln. Der Afrikatrip war geradezu identitätsstiftend, nachdem es Frauengruppe, Jazztanz und der ewige Kretaurlaub (in den Osterferien) nicht mehr brachten. Von den Männern ganz zu schweigen. Alles Bleichgesichter. Pfarrer Totty, der viele deutsch-afrikanische Ehen traute, die nach kurzer Zeit in die Brüche gingen, sagte damals zweifelnd zu Desmond:

»Mein Gott, erst hängt der afrikanische Himmel voller Geigen und dann voll dunkler Wolken.«
Desmond hielt sich die allzu afrikabegeisterten Frauen vom Hals.
Mit Isabelle war alles anders.
Sie spielte Gitarre in einer dieser schrillen Frauenbands und kam an einem verschneiten Vorweihnachtsabend 1981 ins TROPICAL, wo Desmond in einer zusammengewürfelten Reggae-Combo Trompete spielte. Sie fragte ihn, ob er nicht mal kurz für sie im Studio was Nini-Rosso-Ähnliches einspielen könne, machte auf lässig und pustete sich eine Haarsträhne aus der Stirn. Kohle gäb's keine. Desmond grinste und fragte wann.
»Sofort«, sagte sie und nickte ins weibliche Publikum. »Es sei denn, du willst dich noch bewundern lassen.«
»In einer Stunde«, sagte Desmond amüsiert.
Das Studio war ein eierbepappter 4-Spur-Übungsbunker, und der Sound war lausig monoton. Postpunk. Null Komposition. Eigentlich nichts für Desmonds Ohren. Er durfte eine minimale Melodie trompeten, aber kein Solo, das war out. Isabelle raunte irgendwelche Phrasen vom Hafen der Liebe, Desmond spielte atonale Versatzstücke, und der sympathische Schlagzeuger, ein ziemlich bulliger Kerl, der sonst in einer Kapelle namens FEHLFARBEN trommelte, saß in einem ärmellosen T-Shirt hinter seiner Schießbude und hielt den Takt. Der einzige, dem hier warm wird, dachte Desmond, und hätte sich sicher in dem eiskalten Bunker einen abgefroren, wenn da nicht Isabelle gewesen wäre. Immer wieder mußte er zu ihr hinschielen und fühlte sich unentrinnbar zu ihr hingezogen, eine Extremsituation, die völlig neu für ihn war. Nach den

Aufnahmen unternahmen sie noch einen ausgedehnten nächtlichen Schneematschbummel, was beide ganz romantisch fanden. Besonders den stürmischen Kuß unterm Michel. Isabelle versprach ihm, daß sie sich demnächst wiedersehen würden.

»Ehrlich?«

»Ehrlich!«

Desmond zweifelte eigentlich nie an Isabelles Liebe, und doch verfiel er im Laufe der Jahre – Jabu war schon im Kindergarten – in strapaziöse Eifersüchtelei, ohne jede Grundlage, wie Isabelle kategorisch behauptete. Aber beweisen werde sie ihm nichts. Das wär ja auch noch schöner. Desmond wußte, daß es an ihm lag, und er wußte, daß seine nervtötenden Provokationen mit der Unfähigkeit zu tun hatten, wirkliche Liebe anders als in Sehnsucht und Trennung zu empfinden. Außerdem kam ihm immer häufiger Soweto in den Kopf. Schubweise.

Und in dieser brütend heißen Nacht, nachdem Bruno ihn nach Hause gefahren hatte, kamen sie auf der Bettkante zur Sache. Desmond schnippte seine Kippe in hohem Bogen aus dem Fenster.

»Zwei Bullen haben mich eben gecheckt.«

»Wo?«

»Bei Bruno.«

»In der Bar?«

Er nickte. »Das war kein Zufall. Einer lief schon auf der Talstraße hinter mir her.«

»Vielleicht hast du Paranoia?«

»Wieso?«

Sie sah ihn mit glasigen Augen an. »Weil du nicht mehr stillsitzen willst, Street.«

Desmond erschrak. Street. Das mußte ihr Fats erzählt haben.

»Du überlegst schon länger, ob du zurückgehst«, fuhr sie fort. »Ohne uns, denn legal geht das ja nicht.«
»Wir sind in *deinem* Land und nicht in *meinem*«, sagte er.
»Es ist auch Jabus Land.«
»Obwohl sie ihr die Perlen von den Zöpfen reißen und sie fragen, wie lange sie noch bleiben will?«
»Sowas kann ihr überall passieren, oder kannst du von Soweto schwärmen?«
Er wollte ja sagen, aber konnte nicht. Südafrika war beides. Liebe und Haß, Heimat und Schweinesystem.
»Je länger ich weg bin, desto klarer werden die Bilder«, sagte er schließlich.
»Soweto, Soweto«, sagte Isabelle traurig. »Es war so lange kein Thema mehr. Jabu, DRAMA STARS ... für mich war es kein Thema mehr.«
Eine Träne fiel mit einem leichten Zischen auf ihre Zigarettenglut.
»Ich hab dir nie etwas vorgemacht«, antwortete Desmond und küßte ihre Handflächen.
Sie umarmte ihn und sagte nach einer Weile: »Du wirst deine Tochter nicht aufwachsen sehen.«
Desmond schwieg dazu, und kurz danach waren sie festumschlungen eingeschlafen.

16

Wie der Vater so die Tochter, dachte Fats, als Jabu ihn am nächsten Morgen um kurz nach 7 Uhr aus dem Schlaf holte. Ein erbarmungsloser Unternehmungsgeist in dieser Familie. Doch diesmal ging es nicht um die Ausländerbehörde, sondern um das Gruselspiel SPUKSCHLOSS, das Jabu schon vor ihm aufgebaut hatte.
»Der Totenschädel leuchtet jetzt nicht, weil es zu hell ist«, erklärte sie.
»Verstehe«, sagte Fats resignierend. Die Sonne knallte ins Wohnzimmer. War nicht zu übersehen.
Er rieb sich den Schlaf aus den Augen, setzte sich auf, wobei sich die idiotische Klappliege, sehr zu Jabus Vergnügen, über ihm zusammenfaltete, und nahm den Würfelbecher. Pasch 6.
»Super, Fats. Aber gilt nicht. Oder kennst du die Spielregeln?«
»Nee.«
»Schade. Aber, wenn du soviel Glück hast, kannst du ja gleich noch mehr Sechser würfeln«, machte sie ihm Mut und erklärte ihm lang und breit die Regeln. War ja pipileicht. Jabu gewann das Spiel zwar mit List und Tücke, doch der eigentliche Glückspilz war Fats – so fühlte er sich jedenfalls.
Er konnte es nämlich selbst kaum glauben, daß er in der Nacht zuvor, nach dem DRAMA STARS-Konzert, mit der Bassistin Sally ins ORFEO NEGRO gezogen war, wo der Besitzer, ein langer Kerl aus Kamerun, noch wußte, was sich gehörte, zuerst Madame begrüßte, dann Monsieur, und wo der erste Drink umsonst war, was Fats vom KALAHARI

HOTEL her zu schätzen wußte. Überhaupt wurde in dem Laden fast nur Französisch gesprochen, und ein Kaiser Wilhelm-Porträt, das neben vielen westafrikanischen Musikstars an der Wand hing, brachte Fats afrikanische Geschichtskenntnisse wieder auf Vordermann. Kamerun war einst deutsche Kolonie. Die Gäste im ORFEO NEGRO kamen überwiegend von der Elfenbeinküste, aus Kamerun oder aus Togo, was nur gut war, dachte Fats. Verstand nicht gleich jeder, was er Sally für einen Quatsch erzählte. Manchmal allerdings, wenn er sie ansah, hatte es ihm die Sprache verschlagen, und dann war glücklicherweise der Besitzer, er hieß Remy, zu Hilfe gekommen und hatte seinerseits ellenlange Geschichten aus der Zeit erzählt, wo er als Schauspieler in dem Film DAS GELBE HAUS AM PINNASBERG mitgewirkt hatte. Erzählte und erzählte – sehr unterhaltsam, aber ohne Ende. Fing an, ihm die Show zu stehlen. Fats mußte sich einen Ruck geben und zusehen, daß er selber wieder zum Zug kam.
Er bezahlte, gab großzügig Trinkgeld und fuhr mit Sally zum Besenbinderhof, wo A. B. Crentsil, der Hi-Life-König aus Ghana zum afrikanischen Tanzabend aufspielte. Fats, der keine müde Mark mehr in der Tasche hatte, konnte den Türsteher überreden, sie umsonst einzulassen. Sie hatten die halbe Nacht getanzt und am Ende war Sally von Fats begeistert gewesen und hatte sich mit ihm für den nächsten Tag verabredet, unter einer Bedingung, die ihm schon von Desmond bekannt vorkam: Zieh dich nicht so aufgedonnert an!
Jeder nach seiner Façon, seufzte Fats und besah sich zum wiederholten Male die Anzüge in seinem Schrankkoffer. Feinster Zwirn, Bügel für Bügel, und es wurde nicht schlechter. Schließlich entdeckte er

Desmonds rote Baseballjacke an der Garderobe und kam zu der Auffassung, sie würde ihm auch nicht schlecht stehen und außerdem gut zu der schwarzen Wollsiegelhose passen.
Desmond und Isabelle schliefen noch, als er sich von Jabu verabschiedete. Im Fahrstuhl, dessen Stahldecke Filzstiftkünstler inflationär mit schwarzen Fledermäusen gepflastert hatten, malte sich Fats aus, wie wundervoll der Tag mit Sally werden würde. Erst ein Bummel in der Stadt und später, wenn Desmond Isabelle und Jabu zum Bahnhof brachte, ein geruhsames Pläuschchen in der sturmfreien Bude.
Beschwingt latschte er zur Untergrundbahn.
Das einzige, was ihm Sorgen bereitete, war die blöde Klappliege. Mein Gott, wie sollte man da nur zu zweit draufpassen?

17

Es war genau 14.00 Uhr, als Senff den unscheinbaren Audi Quattro auf den *Drive In*-Parkplatz fuhr und genervt auf Löffler wartete, der sich unbedingt noch Milchshake, Fishburger und Pommes Frites besorgen mußte. Der hat echt was mit dem Magen, dachte Senff. Und mit dem Kopf noch dazu. Macht Waldlauf ohne Frühstück und haut sich dann seelenruhig, 5 Minuten vor dem Job, dieses quietschige Zeug rein.
»Sie ist weg«, sagte Löffler entrüstet, stieg ein und klappte die Styroporbox auf. Senff fuhr sofort los. Frischluft war das einzige Mittel gegen dieses Menü.

»Wer ist weg?« fragte er.
»Die süße Lady mit der Schürze und dem Häubchen.«
»Tragen die doch alle.«
»Lange Beine, schmale Schultern«, fuhr Löffler unbeirrt fort, »und immer wenn ich an der Reihe war, streckte sie ihre kleinen Titten vor und sah mich auffordernd an. Ich sag: Das Übliche, bitte. Sagt sie: Liegt doch schon da. Sonst noch was? Ich sag: Nö, eigentlich nicht. Na, dann ist ja gut, sagt sie, 6 Mark 45 und guten Appetit.«
»Hättest du gleich klarmachen müssen.«
»Hab ich für sowas Zeit?« fragte Löffler angewidert. Es schmeckte ihm offensichtlich nicht mehr. Unaufgefordert fuhr Senff am Holstenbahnhof in die Busspur. Löffler stieg aus. Senff kannte das schon. Erst hat er Heißhunger auf den Fraß, und dann stopft er die Hälfte in den Mülleimer.
Im Autoradio lief die Bundesliga-Vorschau für den Nachmittag. Ideales Fußballwetter bei den Nordclubs, verkündete der Moderator. James Last und Dieter Bohlen sorgten für die musikalische Untermalung.
»Ein Scheiß, daß Sauer nicht spielt«, sagte Löffler ärgerlich.
»Gewinnen auch so«, erwiderte Senff.
Löffler ließ nicht locker. »Ist doch ein Trauerspiel. So ein As auf der Bank. Dann sollen sie ihn doch gehen lassen«, sagte er trotzig.
Unverbesserlicher Werder Bremen-Fan, dachte Senff. Wenn er jetzt sagen würde, ja, mein Freund, da hast du recht, Sauer soll doch spielen wo er will, bei Dortmund zum Beispiel oder egal wo, dann wär's auch nicht recht. Dann wär Protest angesagt.
»Du sagst ja gar nichts mehr«, stocherte Löffler.

»Die haben doch diesen Norweger Bratseth als Libero, und der ist einsame Klasse«, erwiderte Senff diplomatisch.
»Ist doch kein Argument.«
»Jetzt halt mal die Schnauze, okay? Wenn der Bimbo bei den Akten ist, kommen wir noch rechtzeitig zur Sportschau, und dann kannst du die ganzen Spiele durchkakeln, bis zum Geht-nicht-mehr.«
»Wenn die Werder überhaupt bringen«, sagte Löffler.

18

Zur selben Zeit prügelte sich gerade die Bahnhofspolizei mit angetrunkenen Werder-Fans (es ging hoch her), und Desmond schob Isabelle und Jabu, die übers Wochenende zu den Großeltern nach Dortmund fuhren, durch das Gewühl des Hauptbahnhofs. Der Schaffner hatte schon ein Bein abfahrtbereit auf das Trittbrett seines Rheinland-Intercity gesetzt, die dicke Fahrplanschwarte unter den Arm geklemmt und sah hinauf in die Wandelhalle. Er ahnte Böses. Nicht, daß ihm auf die letzte Minute noch so ein Fußballchaot auf den Speisewagen fiel. Fahrplantechnisch nicht auszudenken. Desmond hob Jabu am Bundesbahner vorbei auf den Gang und hatte kaum mehr Zeit sich zu verabschieden, da rollte der IC schon an.
Er lief noch ein Stück mit, bis ihm plötzlich ein Gepäckwagen den Weg versperrte und er sich ab-

sichtlich in die Postsäcke fallen ließ. Jabu lachte sich kringelig, Isabelle sah eher traurig aus. Kein Wunder, überlegte Desmond, als er dem Zug noch hinterhersah.

»Und ich dachte schon, ich wäre wieder schwanger«, hatte sie letzte Nacht zu ihm gesagt, nachdem sie auf dem Bettlaken einen Blutfleck entdeckt hatte. Das klang so erleichtert, daß er wieder so einen provozierenden Satz losließ, der ihm dann später leid tat: »Ein Kind von *mir* reicht dir wohl.«

Sie hatte keine Antwort mehr gegeben. Nichts. Kein zorniges *Du Spinner* oder ein mild-seufzendes *Ach, Sweetheart,* mit dem sie ihm schon oft verziehen hatte. Zu oft, dachte er besorgt.

Gedankenverloren fuhr er die Rolltreppe nach oben. Am oberen Ende bildete sich ein Menschenstau, davor eine Polizeikontrolle. Desmond ging seelenruhig weiter, suchte seinen Paß, bis er merkte, daß er die falsche Jacke anhatte. Scheiße. Noch einmal tastete er sich ab. Nichts zu machen. Vor ihm wurden HSV-Fans abgeführt, die sich im BIERBRUNNEN versteckt hatten und noch im Polizeigriff »Sieg« skandierten, und er sah sich schon mit ihnen im Polizeitransporter. Er wurde von den Nachströmenden eingekeilt. Er brauchte Platz. Dann würden sie ihn nicht kriegen. Gerade plusterte sich ein Polizist vor drei Asiaten auf:

»Ihr dürft hier gar nicht sein! Asyl beantragt München, hier Hamburg!«

»Wir nicht wissen, Chef«, sagte der eine Vietnamese hilflos.

»Aber ich«, sagte der Polizist kategorisch. Die Anrede *Chef* fand er wenig schmeichelhaft. Das sagten sie zu jedem. »Schön hierbleiben«, ordnete er an, hielt sich sein Sprechfunkgerät ans Ohr und sah

Desmond erwartungsvoll an. Der nächste, bitte. Desmond verlangsamte seine Schritte. Neben ihm war niemand. Blitzschnell drehte er sich um und sprang zurück auf die Rolltreppe. Gegen den Strom und alle Rempeleien lief er nach unten und hörte Schreie:
»Halt! Stehenbleiben! Polizei!«
Leute versperrten ihm den Weg, mehrmals konnte er sich freireißen, bis ihn ein schwergewichtiger Mann packte und festhielt. »Na, Jüngelchen. So geht's ja nicht. Da will doch jemand was von dir.«
Desmond rammte ihm sein Knie in den Unterleib. Der Mann stöhnte auf und hockte sich hin. Desmond rannte weiter. Bahnhofspolizisten gerieten ins Stolpern. Ihre Hunde bellten wütend. Mit Herrchen im Schlepptau kriegen wir den nie. Desmond verschwand in den Bahnhofskatakomben und drehte sich erst am Ende des langen, gekachelten Gleistunnels um, wo der Ex-Boxer Blin in seiner Grillbude stand und Thüringer servierte. Freundlicher und zuvorkommender, als es die über ihm hängende Fotogalerie vergangener Erfolge annehmen ließ. Ein furchtloser Fighter. Danach hätte man ihm das zärtliche Drehen der Würstchen gar nicht zugetraut.
Desmond ließ den Imbiß hinter sich, sprintete an einem westafrikanischen Friseurladen vorbei, hinunter in die U-Bahnstation und konnte sich in die gerade abfahrende U3 retten. Gierig hechelnd blieben die Polizeihunde samt Hundeführer zurück. Immerhin hatten sie ihre Köter nicht losgelassen, dachte Desmond. Die hätten wahrscheinlich im Tohuwabohu nicht gewußt, wen sie zuerst beißen sollten.
Verdammte Stadt, sagte er sich, als er am Rathaus ausstieg und über den Jungfernstieg ging. Verdammte, reiche Stadt. Er lief mit zügigen Schritten

durch die flanierende Menschenmenge, versuchte, er selbst zu sein und das Gefühl zu kontrollieren, daß irgend jemand von diesen sorgenlosen Yuppies in ihm den Fremden entdecken könnte, als der er sich fühlte. Versuchte, das Afrikanische Kartenhaus vor dem Einsturz zu bewahren, ein täglich mühsam ausbalanciertes Etwas aus Trennung und Sehnsucht, Unsicherheit und Selbstbewußtsein, Vergangenheit und Zukunft. Bis zum STREIT'S war es ein Eiertanz. Ein Kampf gegen ein wankendes Selbstwertgefühl und eine fieberhafte Panik: Wirre Phantasien, weiche Knie, Schweißausbrüche und Blackout. *Blackout?* Er stand noch. Er überzeugte sich davon im STREIT'S-Schaukasten. Sein Spiegelbild überlagerte die geisterjagenden Pappkameraden in der Filmauslage. Noch war er da. Die Leute hatten ja keinen blassen Schimmer, was es hieß, ohne Paß rumzulaufen. In Südafrika gab es täglich unzählige Verhaftungen wegen Verstoßes gegen die Paßbestimmungen. Entweder man hatte seinen *Dompas* vergessen, oder man war zur falschen Zeit in der falschen Gegend. *Influx Control* nannten sie das. Zuzugkontrolle. Bleib, wo wir dich hingesteckt haben. Und zwar für immer. Sein Vater Drake war wenigstens fünfmal verhaftet worden, weil sie ihn, über die Zeit, in Meadowlands statt in Soweto angetroffen hatten.

Nur gut, dachte Desmond, daß Fats sich ausweisen kann. Aber wie er den kannte, hatte er gerade was anderes im Sinn. Nutzte wahrscheinlich die Gunst der Stunde und lag mit Sally im Bett. Hatte sich ja schon gestern nach dem Konzert angebahnt. Wenn nicht noch früher. Dieser Ladykiller. Das hatte sich in all den Jahren nicht geändert.

19

Jedes Mal, wenn das Telefon läutete, hätte er am liebsten sofort den Hörer abgenommen, doch dann beherrschte er sich, ließ es eine Weile klingeln und meldete sich dann in gewohnter Weise unterkühlt und souverän. Doch in Wahrheit verbrachte Konsul Van Vliet den gesamten Tag in einem Zustand fiebriger Spannung und hatte sich schon beim Early Morning Tea mit seiner Haushälterin geschworen, daß er kein weiteres Mal die Initiative anderen überlassen würde. 24 Stunden im Wartestand und keine Erfolgsmeldung.

Statt Jansen oder Senff riefen alle möglichen anderen Leute an. Erst war es Bouwers aus Kapstadt, ein alter Freund von der Konserwatiwen Partei, der ihn jeden Samstag morgen anrief, um mit ihm die Lage zu besprechen. Die Leitung war wunderbar klar, und das leichte Rauschen, das Van Vliet im Hintergrund vernahm, ließ ihn immer wieder neidisch werden. Es war das Auf und Ab der Tafelbuchtbrandung an der Beach Road Promenade, Green Point, wo Bouwers erst ausgiebig und in Ruhe frühstückte, um ihn dann wie ein aufgescheuchtes Huhn anzurufen. Diesmal faselte er von Katastrophe, weil drei scheißliberale Schuldirektoren öffentlich bekundet hatten, ihre ausschließlich weißen Schulen in Zukunft auch für Schwarze aufzumachen.

»He, Henk, hast du davon gehört?« fragte Bouwers.

»Wo liegen die Schulen? In der Grauen Zone?« erkundigte sich Van Vliet.

»Juristisch nein ...«

»… aber praktisch ja«, vollendete Van Vliet. Er lachte: »Mann, Arrie, laß dich nicht so einschüchtern! Ihr habt doch mit den gemischten Wohngebieten angefangen, also, was erwartest du? Gibst du ihnen den kleinen Finger, nehmen sie die ganze Hand. Das ist ein ganz normaler Vorgang.«

»Das waren die Nasionalen, Henk. Nicht wir. *Die* haben den Kaffern Tor und Tür geöffnet.«

Van Vliet verzog das Gesicht. Kaffer hörte er nicht gern. Genausowenig wie Neger. Das war unter seiner Würde. Achte deine Feinde, auch wenn du hart durchgreifen mußt, war seine Devise.

Arrie Bouwers – und viele andere Buren – hielten es noch immer mit der gottgewollten, rassischen Hierarchie, anstatt sich darauf zu konzentrieren, daß die Schwarzen sie nicht aus dem Land vertrieben – dem Land ihrer Vorväter. Verachtung statt Durchsetzungsvermögen. Große Worte und nichts dahinter. Die Nasionalen waren zu weich, die Konserwatiwen gehemmt und die Ärsche von der Afrikaaner Weerstandbeweging waren engstirnige Faschisten, die einfach blind auf das südafrikanische Zebra ballerten, dabei zufällig einen schwarzen Streifen trafen und sich wunderten, daß das ganze Zebra tot war. Die getrennte Entwicklung, die einzige Chance für das kulturelle Überleben des Afrikaaners, war für jedermann am Zebra zu sehen. Schwarz und weiß nebeneinander. Verschiedene Länder und verschiedene Völker. Klare Trennung. Grau konnte er nicht entdecken.

»Ihr Konserwatiwen habt nichts zu sagen, Arrie, das ist euer Problem. Und das wird sich auch nicht mehr ändern. Also arrangiert euch nicht, sondern trennt euch. Zieh endlich nach Oranje und laß die Liberalen am Kap, so schön es da auch ist.«

»Herrliches Wetter heute, Henk. Herrlich. Du solltest es sehen.«
»Bevor die Nasionalen euch an der Regierung beteiligen, sind die Schwarzen dran. ANC, PAC, UDF. Und dann kannst du dir das herrliche Wetter vom Meer aus angucken – wenn du schwimmen kannst.«
Bouwers schwieg. Will nichts davon hören, dachte Van Vliet. Starrt lieber in die atlantische Brandung und träumt.
»Kann ich noch was für dich tun?« fragte Bouwers schließlich kleinlaut.
»Schick mir mit der Mittagsmaschine eine Kiste Hanepoot.«
»Mit wem trinkst du denn deinen Wein, Henk? Darf man das erfahren? Wie heißt die Dame?«
»Erika.«
»Also, jetzt ziehst du mich aber durch den Kakao. Das ist doch deine Haushälterin.«
»Ja, und?« sagte Van Vliet und hängte verärgert ein. Er saß auf Kohlen.
Dann rief ihn ein Hamburger Architektenbüro an, das die Ausschreibung für ein Johannesburger Bürohaus gewonnen hatte; man wollte sich bei ihm nur noch mal ganz herzlich für die Vermittlung bedanken. Wie schön, dachte Van Vliet, ihr habt euer Geschäft und jetzt geht aus der Leitung.
Er saß auf glühenden Kohlen. Wie damals in Soweto, als Desmond ihnen entwischt war. Er sah ihn noch vor sich sitzen, wie er im Verhörraum lässig mit dem Stuhl kippelte. Es war wie gestern.
Donnerstag, 17. Juni 1976. Pulverfaß Soweto, Polizeistation Orlando. Der 2. Tag des Aufstands. Captain Ijzerman, von der Riot Police, hatte Desmond immer wieder gefragt, wo, zum Teufel, wo trefft ihr euch heute? *Wo?* Doch Desmond beachtete ihn gar

nicht. Der Captain war Luft für ihn. Trat Ijzerman in sein Blickfeld, sah Desmond auf die Stahlschränke, die Soweto Road Map oder den Deckenventilator – irgendwohin, nur nicht in Butch Ijzermans Gesicht. Es war nichts aus ihm rauszukriegen.
Tja, seufzte Ijzerman, wie es so seine Art war.
Er benutzte keine Peitsche. Striemen ließen sich schlecht erklären. Eine Delle an der Stirn dagegen ohne weiteres. War versehentlich gegen den Schrank gelaufen. Ijzerman beugte sich vor und gab Desmond einen Kopfstoß. Mit voller Wucht knallte er Desmond seinen Querschädel an die Stirn. *Bang!* Was sagst du jetzt? Seine Heckler & Koch baumelte dabei einladend am Schulterhalfter. Was gibt er bloß mit der Kanone so an, dachte Van Vliet damals, zündete sich eine Craven King Size an, hörte plötzlich einen trockenen Schuß und plumps, saß der Captain auf seinem Schoß. Wie ein nasser Sack. So, als ob er versehentlich über eine Teppichwelle gestolpert wäre. Van Vliet wollte ihm wieder auf die Beine helfen, als er in was Feuchtes griff. Er sah auf seine Hand. Blut. Butch Ijzerman rührte sich nicht mehr. Starrte völlig entgeistert in die Gegend und bekam den Mund nicht mehr zu. Der Zulu-Kaffer hatte gerade mit seiner Dienstpistole geschossen. Dann schrie er wie am Spieß. Er konnte kein Blut sehen. Jedenfalls nicht das eigene.
Van Vliet wuchtete Ijzerman zur Seite, doch Desmond hatte sich schon auf dem Korridor den Fahrer von Machin's Großküche gegriffen, der gerade das alluminiumverpackte Mittagessen brachte. Mit dem Fahrer als Geisel zwang er die Wachhabenden die Sammelzelle zu öffnen; das, was Ijzerman so gerne *Stall* nannte. Van Vliet hatte noch den letzten, der aus der Zelle floh, niederschießen können, dann sah

er Desmond, seinen Kumpel Chief und die anderen schon im Hof, wie sie auf einen Landrover sprangen, dann auf einen Panzerhoppi und von da aus über den Zaun.
Das Telefon riß den Konsul aus seinen traumatischen Erinnerungen. Gestärkt ging er aus dieser Konfrontation hervor. Er war noch mal vorgedrungen zu diesem unseligen Tag, ein Tag, den er allzu gern verdrängt hatte, ein Tag, über den die Kollegen in Johannesburg später sagten: Sieh an, Henk, dieser harte Hund, hat diesen »Street« wirklich entkommen lassen.
Ein einziges Mal hatte er nicht aufgepaßt. Ein einziges Mal.

20

Senff stellte den Audi rückwärts in die allerletzte Parkbucht, so, daß die Schnauze schon fast auf der Feuerwehrabfahrt hing.
Sie stiegen aus und liefen zwischen Supermarkt und öffentlicher Bücherhalle unter den Wohntürmen hindurch, umgeben von Geschrei, knatternden Mopeds, Hundegebell und einer Dauerfehde konkurrierender Musikgeschmäcker. Balkanpop, Heavy Metal, Rap und Trash, und unten, wo eine Rüschengardine hing, hielt einer dem deutschen Schlager die Stange.
Ein Kaleidoskop der Weltmusik, lautstark und lebendig.
Sie marschierten zum Haus 66. Zwölf Stockwerke,

Namen über Namen. MABASO im achten. Senff klingelte irgendwo. Aus dem Lautsprecher krächzte eine Stimme: »Edith? Hast du was zu saufen mit? Sonst kannst du gleich unten bleiben!«
»OTIS. Fahrstuhlservice«, sagte Senff.
»Na und? Sitzt wieder einer fest? Wer denn?« pöbelte die Stimme schadenfroh. »Die SAGA sitzt um die Ecke. Wer bin ich denn? Euer Türöffner oder was?«
Ein mieses, kleines Arschloch, dachte Senff. Sein Tonfall klang ungerührt und monoton:
»Aufmachen. Ist besser so.«
Senff möchte ich auch nicht zum Feind haben, überlegte Löffler.
Die Tür sprang auf. Löffler wollte den Lift nehmen, doch Senff schob ihn zur Treppe. »Sonst bleibt die Klapperkiste noch hängen.«
Ziemlich aus der Puste traten sie im 8. Stock auf den Außenflur, wo ihnen ein warmer Sommerwind und atemlose Fußballreportagen entgegenwehten.
Niemand war zu sehen. König Fußball regierte. Erste Halbzeit.
Und wer da oben bei den Afrikanern klingelte, bekam keiner mit.

21

Das Klingeln ließ ihn hochschrecken. Irgendwie hatte ihn über der TIMES und LE MONDE der Schlaf ereilt. Van Vliet griff hastig zum Telefon. Am Apparat war Keyzer, ein Lagerhauschef der Hamburger Hafen und Lagerhaus AG. Jacobus Keyzer hatte jahrelang in der Hafenverwaltung von Durban am Ocean Terminal gesessen, bis er nach Westeuropa wechselte. Erst reorganisierte er den südafrikanischen Kohleumschlag in Rotterdam und nun steigerte er den südafrikanischen Früchteumsatz im Hamburger Hafen. Er hatte sein subtropisches Quayside Pier Office, hibiskus- und goldregen-beblüht, vis à vis zur eisernen Vasco da Gama-Clock, mit dem grauen Pendleralltag in einer ebenso grauen Mercedeslimousine zwischen Kamerunkai und Großmarkt getauscht. Er war ein pfiffiger Marktstratege, der der defensiven und schuldbewußten Verkaufspolitik Südafrikas neue Impulse gab und dem es gelungen war, an Boykottkonferenzen der Nordseehafenstädte vorbei, den Obstexport nach Hamburg noch auszubauen.

Gerade wurde im Hamburger Hafen eine neue Kühlhalle eingeweiht. CAPE COOL nannte Keyzer das Ding. Nur eines machte ihn in Europa nervös. Die Demonstranten. Die waren hartnäckiger als in Durban.

»Was gibt's?« wollte Van Vliet wissen.

»Die Leute von der Klimatechnik haben gerade das letzte Kühlaggregat in Betrieb genommen, und der Empfang könnte wie geplant um 17.00 Uhr stattfinden«, sagte Keyzer.

»Was heißt *könnte?*«

»Vorne bei den HHLA-Büros ist alles voll mit Demonstranten und an den Kränen und Schuppen hängen Boykott-Transparente. *Freihafen nicht für Apartheid* und dieser Mist. Es ist mit massivem Protest zu rechnen. Vielleicht sollte man die Einweihung lieber abblasen.«

»Wieso?« fragte der Konsul herrisch.

»Wegen der enormen Negativpublicity. Niemand feiert gerne unter Polizeischutz. Großes Presseaufgebot, Henk. Alles da. ARD, ZDF und RTL.«
»Haben *die* überhaupt noch eine Nachrichtenredaktion?«
»Der kleine Ehrgeizige mit der Brille schickt gerade sein TV-Team auf einen Löschkran.«
»Woodward von der Elbe«, sagte Van Vliet und mußte grinsen.
»Wer?«
»Bob Woodward. Watergateaufklärer. Großes Journalistenvorbild. Ehrlich, integer und gut bei Kasse.«
»Du nimmst die Sache nicht richtig ernst, Henk«, jammerte Keyzer.
»Sag das nicht noch mal, Jacobus.«
»O. k. Entschuldige.«
»Einige Senatoren werden den Schwanz einkneifen, sich unangenehm berührt fühlen – aber trotzdem unseren Sekt trinken. Es sind Kaufleute, vergiß das nicht.«
»Ich möchte einfach, daß der Laden läuft«, sagte Keyzer.
»Tut er doch. Hier vergammelt keine Frucht. Neues Etikett drauf und dann geht das als Spanienorange, Neuseelandkiwi oder sogar als Goldene Zitronen auf den Markt.«
»Wenn du das so siehst, Henk ...«
»Ja, so seh ich das.«
»... dann halt dich wenigstens an unsere Absprache, und laß dich hier nicht blicken.«
»Für deine Früchte tust du alles, aber mit mir möchtest du dich am liebsten nicht sehen lassen, stimmt's?«
»Wie kannst du sowas sagen«, antwortete Keyzer erschrocken. »Du weißt doch, warum.«

»War nur ein Scherz«, lachte Van Vliet. Keyzer atmete erleichtert auf.
»Jacobus«, sagte Van Vliet abschließend, »mach dir um mich keine Sorgen.«

22

Man soll keine schlafenden Hunde wecken, dachte Fats, als er durch den Türspion linste und eine Polizeimarke sah. Ausländerbullen, was sonst. Auf Zehenspitzen schlich er zurück in's Schlafzimmer.
»Was hab ich zu Desmond gesagt? Was hab ich gesagt?«
Sally lag im Bett und zuckte verärgert mit den Achseln. Gerade hatte sie Fats gefragt, ob er noch was anderes könne, außer quasseln, gerade hatte sie ihn zu sich hinuntergezogen, seine Worte in ihren heißen Küssen ersterben lassen und dabei enorm aufpassen müssen, daß bei ihm vor Ungeduld nicht alles zu schnell ging – so scharf war er auf sie. Dann dieses Klingeln.
»Ich hab gesagt, ›Desmond‹, hab ich gesagt, ›im Bieberhaus schieben die mich gleich wieder ab. Laß uns lieber woanders Papiere besorgen.‹ Das hab ich ihm gesagt! Und nicht nur einmal!« Jetzt hätte er Desmond liebend gern die Meinung gegeigt. Mr. *Streetfighter* Mabaso.
»Vielleicht gehen die ja gleich wieder«, sagte Sally unsicher.
Fats schüttelte den Kopf. Er überlegte. Es klingelte nochmals. Da hatte er eine glänzende Idee.

Sally hätte sich am liebsten unter der Decke versteckt, als sie begriff, was Fats vorhatte, aber dann zog sie es vor, sich anzuziehen.
Fats öffnete die Tür. Die Bullen stürmten sofort die Wohnung und schoben Fats und Sally an die Wand. Mit erhobenen Händen und gespreizten Beinen hörten sie, wie der eine in den blauen UNO-Pässen blätterte und die Namen vorlas. Sally Domesani. Desmond Mabaso. Aufenthaltsgenehmigung unbefristet. Fats sagte nichts. Niemand sagte was. Irritiert hörte er, wie sein geklauter Ghettoblaster angeschaltet wurde. 2 x 20 Watt. Die Stimme des Fußballreporters überschlug sich und übertönte alles:
»... jetzt macht er Theater, liebe Fußballfreunde. Das muß klar und deutlich gesagt werden. Ist doch sonst selbst kein Kind von Traurigkeit. Der Frust sitzt tief, nehm ich mal an. Verständlich, verständlich, aber laß doch das Meckern, Junge, du hast doch schon Gelb gesehen ...«
Sally sah Fats fragend an. Ihre nackten Füße trafen sich. Schweiß stand auf seiner Stirn und er wollte gerade sagen: Irgendwas nicht in Ordnung, meine Herren?, als ihm ein düsteres Licht aufging. Wenn das nun ebensowenig Bullen waren, wie er Desmond Mabaso? Mein Gott, das war ja die reinste Urkundenfälschung. Ein Papierkrieg. Ein Täuschungsmanöver. Eine lächerliche Verwechslung ... *Nein!* Da hörte er schon einen Schuß, eher ein Ploppen, und Sally stand nicht mehr auf seinem Fuß. Sie stand überhaupt nicht mehr. Seine Augen füllten sich schlagartig mit Tränen und er dachte, Desmond, daß ich jetzt noch auf *deinen* Namen sterben muß, als er einen zweiten Schuß hörte und eine eiskalte Zugluft ihn durchfuhr – wie einen Jet am Himmel mit einem Loch im Bauch.

Dann wurde ihm schwarz vor Augen.
Unendlich schwarz.

23

Außer von Rita, die prinzipiell nicht spontan kam, und dem Wäschejungen, nach dem er die Uhr stellen konnte, hatte Bruno ausgesprochen selten Besuch. Trotzdem war er keine Spur erstaunt, als Desmond in der Tür stand. Er konnte mit Gästen umgehen (das brachte der Barkeeperjob so mit sich) und bat ihn herein. Die Wohnung war eine Mischung aus Flat und Hotelzimmer. Geräumig, Parkettfußboden, der Blick auf die U-Bahnstation. Die Einrichtung war Fifties und die Musik wahrscheinlich auch. Chuck Berry hing über dem senffarbenen Jerseysofa. Desmond setzte sich.
Radio 107 brachte gerade die letzten 10 Minuten live vom Millerntor. St. Pauli führte immer noch 1:0 und Torwart Ippig segelte laut Sender nur deshalb an einer Flanke vorbei, um der vollbesetzten Tribüne seinen neuesten Trick vorzuführen. Noch im Hechtflug nämlich beförderte er den Ball akrobatisch mit der Ferse in die gegnerische Hälfte. Ein Teufelskerl.
Desmond war nur mit einem Ohr dabei. Auf der blassen, sonnenüberfluteten Tapete hingen ein paar Fotos. Jugenderinnerungen. Bruno und ein Chinese in Halbstarkenpose, lässig rauchend und mit Besitzerstolz an ein Motorrad gelehnt. Daneben das

Schwarzweißphoto einer Männergesellschaft unterm Eifelturm. Kellnergewerkschaft, Paris 1969, las Desmond. Sah aus wie ein Klassentreffen. Herbstlich kühl. Alle in schwarzen Hosen und hochgeschlagenen Mantelkrägen. So jung kommen wir nicht mehr zusammen. Darunter ein drittes Bild, ein Schnappschuß vor dem RISTORANTE PALERMO. Ein paar Italiener – einer stemmte eine riesige Torte in die Luft, auf der ein Kerzenwald brannte – feierten offenbar den Geburtstag ihres Chefs. Das kann nur der kleine Dicke sein, dachte Desmond, der diesen riesigen Hund im Zaum hielt. Zähnefletschend schien der Köter den Photographen anzukläffen. Wollte sich partout nicht ablichten lassen. Der kleine Dicke mit der Cabrioletfrisur hatte ihn locker im Griff und grinste voll Besitzerstolz.

»Ein Mastino«, erklärte Bruno, als er Espresso auf den Couchtisch stellte. »Lucianos Kampfhund. Verteidigt meine Lieblingspizzeria.«

»Niedliches Tier«, sagte Desmond. »Wie kann man da in Ruhe essen?«

»Sitzt die meiste Zeit im Keller und ist lammfromm, wenn du ihn tätschelst und *Visconti* nennst. Das ist sein Kosename. Bedeutet quasi Entwarnung – sagt Luciano.«

»Möchte ich lieber nicht ausprobieren.«

»Ich auch nicht«, sagte Bruno. »Irgendwas passiert?«

»Bin in eine Razzia geraten«, sagte Desmond.

»Wo?«

»Im Bahnhof.«

»Hast doch Papiere.«

Desmond schüttelte mit dem Kopf. »Hab ich heute verliehen.«

»10 Brüder und ein Paß, oder wie?«
Desmond antwortete nicht. Bei Radio 107 wurde gerade der Manager des FC St. Pauli interviewt. Was er denn nun von den fulminanten Leistungen seines Torwarts halte. Ja, gut, sagte der Schorsch, sicherlich hat der Volker Ippig keinen eingefangen. Aber er soll diese Mätzchen lassen. Außer den Zuschauern hat doch keiner was davon ...
Die Nachrichtenredaktion würgte ihn eiskalt mit ihrer pfiffigen Erkennungsmelodie ab.
»Hamburg. Wie uns soeben gemeldet wird, sind in einer Hochhaussiedlung im Stadtteil Eimsbüttel zwei Afrikaner erschossen aufgefunden worden. Bei den Toten handelt es sich um Desmond Mabaso und Sally Domesani, beide Südafrikaner. Wie ein Polizeisprecher mitteilt, gibt es zur Zeit noch keine Hinweise auf die Täter ...«
Bruno fiel die Gauloise aus dem Mundwinkel, als die Nachrichtensprecherin Desmond für tot erklärte. Fassungslos starrten sie sich an.
»... Aus umfangreichen Aufzeichnungen, die in der Wohnung gefunden wurden, geht hervor, daß die Toten gute Beziehungen zu militanten Gruppen in Europa gehabt haben. Die sichergestellten Dossiers enthalten Skizzen, Photos und Grundrisse diverser südafrikanischer Botschaften. Außerdem wurde in der Wohnung ein Waffen- und Sprengstofflager entdeckt ...«
Je länger Desmond hinhörte, desto weniger begriff er. Er sprang auf, schlug auf die Radiotruhe ein und schrie:
»Was denn für Waffen? Was für Skizzen? Was soll der Scheiß?!!«
Er zitterte. Bruno schob ihm einen Cognac zu. Langsam ging Desmond ein Licht auf.

»Mein Gott, Fats«, stammelte er verzweifelt.
»Der Typ mit deinem Paß?«
Desmond nickte schwach. »Ich wußte nicht, daß die hinter mir her sind.«
»Wer? *Wer* ist hinter dir her?«
»Keine Ahnung.« Ihm war heiß. Wer, fragte er sich. Wer?
Die ANC-Sekretärin Lucie September kam ihm in den Sinn, die der südafrikanische Geheimdienst umgelegt hatte. DONS. Department of National Service. Mitten in Paris, in einem Wohnhaus, an der Tür.
»Wo ist deine Familie?« fragte Bruno.
»Im Intercity nach Dortmund«, sagte Desmond erleichtert, steckte sich eine neue Zigarette an, langte nach einer Flasche Whisky in der Hausbar und schenkte ein. Mann-o-mann, dachte Bruno. Ein Vierfacher im Wasserglas. Wenn das nur gut geht.
Es klingelte. Desmond saß da wie angewurzelt und schielte nervös zur Tür. Bruno behielt die Ruhe. »Ja?«
»Der WÄSCHE-EXPRESS!«
Bruno öffnete. Ein Bote gab ihm ein großes Wäschepaket, bekam ein Trinkgeld und machte sich wieder auf die Socken. Bruno riß das Paket auf. Weiße Hemden und Kellnerschürzen, alles frisch gebügelt.
»Okay, Desmond. Dich wollten sie töten, aber jetzt liegt ein Falscher im Kühlfach. Richtig?«
»Der Falsche war mein bester Freund!«
»Tut mir leid. Jedenfalls werden sie die falsche Identität feststellen, wenn sie Fingerabdrücke und Zähne checken.«
»Wieso?«
»Man kann den Bullen einen Tip geben«, sagte Bruno. »Ihr habt den Falschen in der Kiste, der andere lebt noch, hat aber Angst.«

»Dann bringen Sie den Richtigen mal her. Hier kann ihm nichts passieren, werden die antworten.«
»Nur mit Anwalt«, sagte Bruno.
Desmond griff wieder nach dem Whisky. Bruno schob ihm eine Flasche Perrier zu. Zum Verlängern. Ohne Erfolg. Desmond trank pur.
»Mann, du siehst doch was läuft! Die haben Waffen gefunden und werden jetzt feststellen, daß es auch noch einen alten Haftbefehl in Südafrika gibt. Da nützt mir mein UNO-Paß einen Dreck.«
Bruno sah beiläufig auf die Uhr. Es wurde Zeit. Er ging zum Kleiderschrank und zog sich um, wie er es seit Jahren tat. Gestärktes, weißes Hemd, schwarze Hose, gestreifte Kellnerweste und Fliege.
»Überhaupt sind Pässe völlig überflüssig«, sagte Desmond. »Man steckt in der Scheiße, wenn man sagt, wer man ist.«
Bruno sah, daß er sich jetzt mit dem Einschenken keine Mühe mehr machte. Trank den Scotch aus der Flasche. Gläser machten keinen Sinn mehr.
»Bis auf 6 Richtige im Lotto«, hickste Desmond. »Die können gerne vorbeikommen und fragen: Sagen Sie, sind Sie der Mabaso? Da würde ich glatt ja sagen.«
Hat langsam einen sitzen, dachte Bruno. Vor dem Spiegel band er sich die Fliege. »Ich muß in die Bar, Desmond. Ich werde dir noch heute nacht neue Papiere besorgen.«
Er fand seine alte Leica im Schrank und war froh, daß noch ein Film drin war. Sonst hätte er Desmond im Bahnhof in die Photobox setzen müssen. In dem Zustand. Er stellte die Nachttischlampe neben Desmond auf die Sofalehne, nahm den Schirm ab, rückte die Stehlampe vor und sah auf seinen Belichtungsmesser. Blende 2.8. Licht okay. Er hockte sich

hin und sah durch den Sucher. Desmond hatte mächtig Schlagseite. Bruno hielt ihn an der Schulter fest.

»Nur einen Moment, Desmond«, sagte er, suchte die Schärfe, ließ ihn schnell los und drückte auf den Auslöser. Scheiße, er war wieder zur Seite gekippt. Desmond zippelte an seinen kurzen Rastalocken.

»Herr Photograph«, lallte er angeheitert, »ich muß noch in die Maske.«

»Nicht nötig«, sagte Bruno knipsbereit. »Du siehst prima aus.«

»Naja, aber manchmal seh ich in den Spiegel und denke, Scheiße, so sieht kein Popstar aus. Und dann noch diese Füße. Schuhgröße 46! Das bleibt aber unter uns, okay?«

»Ja, klar«, nickte Bruno. Er hatte nur das klitzekleine Paßphoto im Sinn. Wann würde der Kerl endlich mal stillsitzen. Vielleicht lag's auch am weichen Sofa. Er setzte Desmond auf einen Stuhl. Kerzengerade.

»Schön sitzenbleiben«, sagte Bruno und betätigte schnell den Auslöser. Das war's. Er spulte den Film zurück.

»Du mußt vorläufig ins Ausland, Desmond. Ich kenne da was in Paris ...«

»Paris!« rief Desmond. »Paris, die elegante Einwandererstadt, die Vorstadt Afrikas und doch dieselben Probleme: Visionen, Heimweh, Liebe, Haß ...«

»Ein kleines Apartment in Barbes, Boulevard Rochechouart, beim Kaufhaus TATI. Hab ich nie aufgegeben«, sagte Bruno. »Deine Familie kannst du ja nachholen.«

Desmond saß zusammengesunken auf dem Sofa, den Scotch auf dem Schoß, und gähnte vor Müdigkeit.

»Bleib hier, bis ich zurück bin«, sagte Bruno.
»Bin ich dir soviel wert?« fragte Desmond grimmig.
»Paß auf, was du sagst, mein Freund. So besoffen bist du noch nicht.«
Die Tür fiel hinter Bruno ins Schloß. Desmond griff zum Telefon. In Dortmund meldete sich niemand, stellte er fest. Isabelle und Jabu waren wahrscheinlich mit der Oma im Schrebergarten. Laubenkolonie RUHRPAUSE e. V. Sommerfest mit Sackhüpfen und Tanzkapelle.
Für Jabu ein großer Spaß.
Momentan der einzig beruhigende Gedanke.
Über dem Scotch schlief er schließlich ein.

24

Es war schon nach 17 Uhr, Van Vliet hatte sich endlich dazu durchgerungen, etwas von dem frischgemachten Apfelstrudel zu essen, den ihm seine Haushälterin zum wiederholten Male, und zunehmend vorwurfsvoll, angeboten hatte, als er im Kontrollmonitor Senff am Hintereingang sah. Er gab seinem Bodyguard Alfons das Zeichen zu öffnen und begab sich in die oberen Räume des Konsulats. Auf seinen Gehstock gestützt erwartete er Senff, der ihm grußlos zwei Polaroids übergab.
Van Vliet setzte sich. Zielstrebig zog er Desmonds Polizeiphoto aus der Fahndungsakte und legte es neben das Polaroid.
»Desmond, da hast du ja wieder mal Glück gehabt«, sagte Van Vliet ohne jede Überraschung. Als

er zu Senff aufsah, war sein Blick lausig kalt. Erschrocken trat Senff aus dem Hintergrund hervor und stieß eine neoklassizistische Lampe vom Tisch, die er gerade noch auffangen konnte.

»Ihr habt den Falschen erwischt«, sagte Van Vliet trocken.

Mit zusammengekniffenen Augen, als wollte er es nicht glauben, verglich Senff die Photos. »Verdammte Scheiße, die sehen doch alle gleich aus«, entfuhr es ihm.

»Nein«, sagte Van Vliet. »Das tun sie eben nicht.«

Schnellen Schrittes verließ Senff den Konsulatsraum. Ja, geh nur, dachte Van Vliet. Geh zu deinem Boss und besprich alles. Wird auch nichts nützen. Er sah sich in seiner Skepsis bestätigt. Desmond war für Jansen und Konsorten eine Nummer zu groß. Oder einfach zu fremd. Er war abgetaucht, und sie würden ihn nicht mehr finden. Und wenn – es würde eine Ewigkeit dauern. Darauf konnte er nicht warten. Er sah auf die Uhr. 17.20 Uhr. Hatte er vorhin wegen der mobilisierten Öffentlichkeit darauf verzichten wollen, an der Einweihung der neuen Kühlhalle am Afrikaterminal persönlich teilzunehmen, so kam es ihm jetzt ganz recht. Sollten sie doch Krawall machen, die Grünen und Autonomen – und der schwarze Block. Je mehr, desto besser. Mitten im Tumult würde er der Presse ein unverhofftes Interview geben und ein paar diplomatische Worte über den von allen erhofften Reformkurs Südafrikas verlieren. Ein kontrolliertes, offensives Statement. Eines, nach dem sich die Journalisten die Finger leckten.

Und irgendwo da draußen – er sah über die Alster – würde Desmond am Fernsehschirm kleben und die Entdeckung des Jahres machen. Diese 5 Sendeminu-

ten würden sie noch einmal zusammenbringen. Er zündete das Sturmfeuerzeug seines Großvaters.
Ein letztes Mal, Desmond.
Er hielt sich die Flamme unter die Faust.
Ein kurzer, glühender Schmerz jagte kribbelnd durch sein Nervensystem.
Und dann: adieu, mein Freund.

25

Bruno stieg in seinen Jeep, der unter der U-Bahntrasse parkte. Zwei Fässer Flensburger und eine Kohlensäureflasche auf der Ladefläche erinnerten ihn daran, daß er eigentlich umgehend in die CHRISTOBAL BAR fahren müßte. Engpässe konnten einem Laden den guten Ruf kosten. Doch die Fässer durch die Bierluke rollen, klebrige Zapfstangen und spröde Dichtungen wechseln und schließlich das Pils anstechen, das würde eine Stunde dauern, und dann konnte er Desmonds Paß vergessen. Vielleicht sollte er sowieso die Gelegenheit beim Schopf packen und mit Desmond nach Paris zurückkehren, wieder im FLAMBAUM oder im LA COUPOLE anfangen, lieber Café Crème statt Flens servieren und nach der Schicht mit den alten Kollegen Emile und Tchecky ins Hippodrome zum Pferderennen gehen.
Er fuhr ins Universitätsviertel, wo er den Buchhändler Logelbach kannte, der im Hinterzimmer seines Antiquariats eine Paßfälscherwerkstatt betrieb. Klein, aber professionell.
Logelbach war ein wortkarger Stammgast der

CHRISTOBAL BAR, und Bruno konnte sich nicht daran erinnern, daß er jemals etwas anderes als ordinäre Schorle trank, ein langweiliges Weißwein-Mineralwassergemisch. Logelbach war noch im Laden, der geräumiger und besser sortiert war, als Bruno gedacht hatte. Sie setzten sich an einen Stahlschreibtisch, auf dem sich Kursbücher und Marx/Engels-Werke stapelten. Logelbach tippte grinsend ans KAPITAL.

»Wie wär's damit?« grinste Logelbach. »Sehr günstig, momentan.«

»Viel zu schwer«, sagte Bruno. »Ich suche was kleines, flaches für die Brieftasche.«

Er legte den Kleinbildfilm auf den Tisch.

»Das dauert aber mindestens 5 Tage, Bruno«, bedauerte Logelbach. »Ich hab viel zu tun.«

»Ich brauche den Paß noch heute«, sagte Bruno. »Ein Notfall.«

»Ich hab nur Notfälle.«

Bruno steckte sich eine Gauloise an. »Ich zahle das Doppelte.«

»Für wen?« fragte Logelbach.

»Für einen Freund.«

Logelbach schüttelte mit dem Kopf. »Ich mache nichts, wenn ich nicht weiß, um wen es geht, Bruno. Den Fehler hab ich einmal gemacht. Das war ein Kerl, den ich nicht kannte. Ich hatte nur das Photo, den neuen Namen und sonst nichts. Er war mächtig im Druck und wollte ins Ausland, also hab ich ja gesagt. Kurz darauf macht der Idiot einen Überfall. Und jetzt rat mal wo.«

»Bei Wüstenrot.«

»Weißt Bescheid, Bruno. Viel am Fenster gesessen, was? Der Kerl hatte die Bausparkasse mit der Bank verwechselt, und als er merkte, daß da kein Bargeld

lag, nahm er mit seiner Kanone 'ne Geisel. Ich dachte, der verpfeift mich noch und war froh, als die Bullen ihn dann abgeknallt haben. So sieht's aus, mein Freund. Liegt bei dir.«
»Ein Afrikaner«, sagte Bruno.
»Südafrikaner?«
»Ja, Flüchtling.«
»Also, gut«, sagte Logelbach.
Bruno sah ihn erstaunt an. Wie kam Logelbach bloß auf Südafrika?
»Gestern ist ein Südafrikaner im Hafen vom Schiff gesprungen«, sagte Logelbach beiläufig. »Die Elbe hat er überlebt, aber dafür sitzt er jetzt in Itzehoe in Abschiebehaft. Nicht gelesen?«
»Nein.«
»War auch nicht der Rede wert. Ich hab im Moment nur vier Nationalitäten da, Bruno. UNO, Uruguay, französisch und deutsch. Alles andere müßte ich erst besorgen.«
»Französisch«, sagte Bruno und schob ihm einen Zettel zu, auf dem Desmonds neue Personaldaten standen.
»Okay, kannst ihn um 2 Uhr abholen.«
Er deutete fragend auf den Kleinbildfilm.
»400 ASA«, sagte Bruno und ging zur Tür.
»Ach, Bruno«, rief ihm Logelbach noch lachend hinterher, »die Filmentwicklung kostet eigentlich extra. Aber wir können ja auch in Naturalien abrechnen. Ein Jahr Schorle umsonst. Was hältst du davon?«
Bruno trat auf die Straße. Logelbachs Lachen gefiel ihm nicht. Ganz und gar nicht.
Scheiße, dachte er, als er in seinen Jeep stieg. Hoffentlich hat sich noch keiner wegen der Kohlensäure beschwert.

26

Gegen 20.00 Uhr kam Desmond wieder zu sich, weil er träumte, mit den Beinen im Sumpf zu versinken. Die Nässe kroch schon über seine Knie. Er öffnete die Augen. Glücklicherweise war es nur der Scotch, der ihm aus der Hand geglitten und über seine Hosenbeine gelaufen war. Er zog die nasse Hose aus und schaltete den Fernseher an. Die TAGESSCHAU brachte den Mord als vierte Meldung. Sally Domesani und Desmond Mabaso hießen die Toten. Ihre Konterfeis flimmerten über die Mattscheibe. Ist doch ein Witz, dachte Desmond kurz.
»... im Zusammenhang mit den gewalttätigen Ausschreitungen bei der Großdemonstration gegen die Eröffnung eines Südafrikanischen Handelszentrums in Hamburg jetzt ein Interview mit dem Südafrikanischen Generalkonsul Van Vliet«, kündigte die Nachrichtensprecherin an.
Laufende Kameras und Mikrophone streckten sich dem Konsul entgegen. Jemand reichte ihm ein Handtuch für die Fruchtreste auf seinem maßgeschneiderten Dressler-Anzug. Das hatten auch die Bodyguards nicht verhindern können. Die sahen genauso bekleckert aus.
Desmond überlegte angestrengt. Das Gesicht Van Vliets kam ihm irgendwie bekannt vor. Im Blitzlichtgewitter wartete Van Vliet auf Fragen, und Desmond schluckte dreimal trocken runter, als der Konsul in die Kamera sah. Eiskalt lächelte er ihn an. Nur ihn. I got you, Babe. Desmonds Gedanken zerfaserten wie das Ende eines Starkstromkabels. Er sprang auf. Das war nicht Van Vliet. Er wippte hin und her

wie ein Boxer, massierte sich die pochenden Schläfen. Das war Henk Bassers.
Der Konsul, mitten im Pressepulk, lächelte süffisant, als er auf Menschenrechtsverletzungen und Rassentrennung angesprochen wurde.
»Ach, wissen Sie, bei allem Respekt muß ich Ihnen hier sagen, daß Sie ziemlich gutmütig auf die Propaganda des ANC hereinfallen. Es wird Ihnen nicht verborgen geblieben sein, daß Übergriffe, die es vereinzelt von seiten unserer Polizei gegen Oppositionelle gegeben haben mag, strafrechtlich verfolgt werden. Südafrika ist im Umbruch und verteidigt sich mit allen gesetzlichen Mitteln gegen den reformfeindlichen Extremismus von links und rechts. Wie nötig konsequentes Durchgreifen ist, können Sie heute bei sich in Hamburg sehen. Bei den Toten handelte es sich um bewaffnete Personen, die eindeutig dem terroristischen Umfeld zuzurechnen waren.«
»Trotzdem läßt sich doch nicht bestreiten, daß Sie noch immer, als einziges Land der Welt, an der Rassentrennung festhalten.«
»Doch, in dem Sinn, wie Sie das sagen, muß ich Ihnen widersprechen. Wie ich schon sagte, wir sind innerhalb des Reformkurses bestrebt, die kulturellen Eigenständigkeiten und das Gleichgewicht der verschiedenen ethnischen Gruppen nicht zu stören. Wir können nicht von den Zulus verlangen, die Gebräuche der indischen Hindus zu übernehmen. Und was den sogenannten Boykott betrifft, meine Damen und Herren, so kann ich Ihnen nur versichern, daß niemand seine Geschäftsbeziehungen mit uns aufgegeben hat. Im Gegenteil.«
»Dann laufen also offiziell gestrichene Geschäfte über Anrainerstaaten weiter?« fragte ein Journalist.

»Wie kommen Sie denn darauf? Einige wenige Geschäftsbeziehungen ruhen. Das kennen Sie doch auch. Eisdielen haben im Winter geschlossen, Pelzläden im Sommer.«
»Sie versuchen, sich aus der Affaire zu ziehen!«
»Ich bin verheiratet ...«
Einige Reporter lachten brav. Van Vliet grinste.
»... Ich wollte nur damit sagen: Investitionen hängen doch nicht von zweifelhaften, politisch-moralischen Entscheidungen ab, sondern von wirtschaftlichen. Wenn man Gewinn sieht, investiert man. Ich danke.«
Desmond starrte minutenlang paralysiert aufs TV. Dann griff er zum Telefon.
»BAR CHRISTOBAL.«
»Bruno?«
»Ja.«
»Der südafrikanische Konsul hat gerade in der TAGESSCHAU ein Interview gegeben. Aber er heißt nicht Van Vliet, sondern Bassers. Henk Bassers, Leiter der Riot Police und Polizeikommandant der Soweto Police Division. Verstehst du? Der Mann hat sich unter falschem Namen abgesetzt!«
»... und dich entdeckt?«
»Den Steckbrief hab ich selbst aufgehängt.«
»Du mußt lauter reden«, sagte Bruno am anderen Ende. »Hier herrscht Hochbetrieb.«
»Das DRAMA STARS-Plakat«, schrie Desmond.
»Woher willst du wissen, daß er dahinter steckt?«
»Er hat meine Schwester umgebracht. Aus dem Fenster geschmissen.«
»Das wußte ich nicht«, sagte Bruno zögernd.
»Von ganz oben«, fügte Desmond hinzu. »Und Henk, der Henker, ist noch am Leben.«
»Desmond, laß die Finger von dem Typ und bleib in der Wohnung.«

»Er wird feststellen, daß ich noch lebe.«
»Dann bist du schon über alle Berge«, sagte Bruno. »Das mit dem Paß geht klar, und ich hol dich um 2 Uhr ab.«

27

Als Van Vliet den Afrika-Terminal verließ, wußte er, daß er sich mit seinem Fernsehauftritt neue Feinde gemacht hatte. Er stellte sich vor, wie Jansen und Senff nach der Fernsehsendung zusammensaßen und über ihn konferierten. Etwa so:
Senff: Hatte er das mit Ihnen abgesprochen?
Jansen: Nein.
Senff: Nicht gerade kooperativ, der Mann.
Jansen: Ja, er wird zum Betriebsrisiko.
Senff: Und wie lange wollen Sie das noch mitmachen?
Jansen würde Senff zustimmen. Nicht sofort, schließlich traf er die Entscheidungen, aber er würde sich sagen, einer wie Van Vliet, der noch alte Rechnungen zu begleichen hat, ist schwer kalkulierbar. Vielleicht tauchen nach diesem Mabaso noch andere auf, nach und nach, und irgendwann wird der Schleier gelüftet und dann zieht es ihn mit in die Tiefe. So etwa würde Jansen schlußfolgern, dachte Van Vliet, als der Jaguar beim Cellpap-Terminal über das alte Kopfsteinpflaster kurvte. Und dann würde Jansen Senff grünes Licht geben. Henk, sagte

sich Van Vliet, das hast du dir selber eingebrockt. Aber es war auch gut so. Schließlich war er nicht der Waffenschieberei, sondern Südafrika verpflichtet.
Der Jaguar fuhr bei der Oberbaumbrücke über den Zollkanal.
»Alfons, behalt mal Senff im Auge«, sagte Van Vliet zu seinem Fahrer.
»Wann, Chef?«
»Ab sofort.«
»Kein Vertrauen mehr?«
Alfons sah im Rückspiegel, wie Van Vliet mit den Achseln zuckte.

Sie erreichten die weiße Villa am Elbufer. Van Vliet betrat den sparsam möblierten, feudalen Salon. Senff kaute auf der Unterlippe, Jansen kam ohne Umschweife zur Sache.
»Ich hoffe, es ist Ihnen niemand gefolgt.«
Van Vliet ignorierte das Angebot, sich zu setzen. Er sah nicht gerne zu Leuten auf. »Für wen halten Sie mich?« fragte er, »Verwechseln Sie mich nicht mit Ihren dilettantischen Leuten! So was Unprofessionelles! Sagen Sie mir lieber, ob Sie schon eine Spur haben.«
»Wir sind dran«, sagte Senff.
»Wo?« wollte Van Vliet wissen.
»In der Afrikanerszene.«
Van Vliet hob verächtlich die Augenbraue, und Senff dachte, so übel, wie ich drauf bin, Mann, zieh ich dir gleich den Stecker raus. Scheiße bloß, daß dieser arrogante Konsul recht hatte. Würde jetzt verdammt schwierig werden, an den Burschen ranzukommen. Entweder ein Informant packt aus, oder er läuft tatsächlich in die Falle.

»Dieser Mabaso wird sich jetzt einen Paß besorgen«, sagte Jansen.
»Bei wem auch immer – das werden wir sofort erfahren«, sagte Senff. »Die haben wir schon alle instruiert.«
»Nein«, ereiferte sich Van Vliet, »er wird nicht fliehen. Ich kenne diese Mentalität. Er wird auch nicht zur Polizei gehen. Dazu ist er viel zu mißtrauisch. Das regelt er auf eigene Faust.«
Jansen trat auf den Säulenbalkon. Ein schöner Sommerabend. Unten am Elbufer würden jetzt die jungen Leute flanieren, auslaufenden Schiffen und rumtollenden Hunden zusehen und ab und zu einen Kiesel in die Elbe werfen. Und er hatte diesen Fanatiker am Hals. Einen, der die Welt nach Hautfarben einteilte. Total anachronistisch. Man hätte sich schon eher trennen sollen. Das weiße Afrikaaner-Südafrika hatte sowieso keine Zukunft. Außerdem würde er die nächste Heckler & Koch-Lieferung auch alleine da unten an den Mann bringen. Wieviele MP's waren es noch? 500 oder 750? Es fiel ihm nicht ein. Er würde nachsehen müssen. Er stützte sich auf die Verandabrüstung. Der Konsul bereitete ihm Kopfschmerzen. Er würde noch mal mit ihm reden müssen. Und wenn der Bure endlich gegangen war, würde er in der STRANDPERLE ein Bier trinken. Ein ganz gewöhnliches Bier.
»Wollen wir hoffen, daß der Trompeter es uns so einfach macht und ins Netz geht«, sagte Jansen, als er wieder den Salon betrat. »Wir werden ihn erwarten.«
»Greifen Sie nicht zu früh ein«, warnte Van Vliet.
»Wie Sie meinen. *Sie* sind der Lockvogel.«
Sie sahen sich an. Jansen griff beiläufig nach seinen Zigaretten. Van Vliets Blick wanderte skeptisch zu

Senff. Im Wagen würde er Alfons Frage nachträglich mit Ja beantworten können. Kein Vertrauen. Das war doch was. Damit konnte man leben.
Er verließ den Raum.
Jansen und Senff tauschten hinter seinem Rücken einen beziehungsreichen Blick. Jansen zog mit dem Finger einen Schlußstrich unter die Halskrause.
Senff zuckte gleichgültig mit den Achseln.
Irgendwie sah er sogar erleichtert aus.

28

Löffler klapperte die Afrikanerläden ab. BOMALA, BENDULA, TROPICAL. Er fuhr einen Fiat Uno mit offenem Klappverdeck, ließ sich die warme Sommerluft um die Ohren blasen, rülpste, weil ihm die Billigpizza aufstieß, und fand die ganze Aktion um diese Zeit ziemlich sinnlos. Es war noch zu früh, nichts los, purer Zufall, den Kerl zu schnappen. Wenn dieser Mabaso tatsächlich so ein ausgeschlafener Junge war, dann würde er garantiert nicht in diesen Schuppen rumhängen und darauf warten, daß ihm einer aus der Scheiße half. Also legte Löffler sein Hauptaugenmerk darauf, diesen bescheuerten Informanten aus Ghana zu finden, Major Smart, den Elfenbeinmann.
Er hatte ihn vor drei Jahren, als er für Jansen eine Ladung Maschinenpistolen nach Accra verschiffte, in einer Kiste Elfenbein entdeckt. Er nahm Smart mit nach Hamburg. Später fragte er sich, wieso. Hätte ihn auch ins ölige Hafenbecken schmeißen

und alleine kassieren können. Dem Antiquitätenhändler im Hanseviertel wär es egal gewesen. Smart hatte später Stoff am Mittelstreifen auf dem Kiez vertickt, Crack und unverschämt gestreckten Koks, und nun, nachdem der Spielbudenplatz abgerissen war, konnte er überall und nirgends stecken.
Löffler wollte schon nach Wandsbek zur Kattunbleiche fahren, wollte nichts unversucht lassen, obwohl er sich beim besten Willen nicht vorstellen konnte, daß Major Smart seine Geschäfte inzwischen direkt vor dem Asylheim abwickelte. Als er die Davidstraße entlangfuhr, sah er ihn plötzlich auf der Treppe zur INTERNATIONALEN BIERBAR. Die Frau neben ihm ist bestimmt nicht seine Ehefrau, dachte Löffler. Wenn er überhaupt noch verheiratet ist. Hatte zwei Ehejahre abgebrummt und die Aufenthaltserlaubnis in der Tasche. Garantiert.
Er hatte Schwierigkeiten, einen Parkplatz zu finden und stellte den Uno querbeet vor die Bierbar. Kurz darauf stand er neben Smart am Tresen.
»Noch im Lande, Smartie?«
Smart fuhr erschrocken herum. »Ey, Mann.«
»Hast uns schon lange nicht mehr auf dem laufenden gehalten«, sagte Löffler ruhig. Smart zog ihn vom Tresen weg. Der Wirt machte lange Ohren.
Löffler gab ihm ein Photo. »Desmond Mabaso. DRAMA STARS-Musiker. Schon mal gesehen?«
»Hmmm.«
»Also, los.«
»Es gibt viele Schwarze hier. Kann ja nicht jeden kennen.«
Löffler sah sich um. Ein kurzer Ruck und Smart stand ohne seine Elfenbeinkette da. Die Perlen hüpften über den Kneipenboden.
»Scheiße«, sagte Smart und wollte sich bücken.

»Entschuldige«, sagte Löffler und griff nach seinem Handgelenk.
»Wo kann ich ihn finden?«
»Hör mal zu, Mann«, sagte Smart leise, »du kommst zu spät. Der Mann ist tot.«
So kommen wir nicht weiter, dachte Löffler.
»Was hat er außer Musik gemacht?«
»Anti-Apartheid.«
»Smartie, dein Arsch landet wieder in Accra, wenn du nicht gesprächiger wirst. Ganz schnell«, zischte Löffler.
»Ich hab mit der Szene nichts zu tun, Mann, ehrlich nicht. Die hocken im SOKONI oder bei Totty am Hafen.«
»Wer ist Totty.«
»Ein Priester. War ein Freund von Desmond.«
»Ich wußte doch, daß du diese Brüder kennst. Warum nicht gleich so?«
Auf den Elfenbeinperlen kann man sich glatt den Hals brechen, dachte Löffler, und trat sie auseinander.
Er fuhr zur Kirche und fand Totty unter dem Kirchendach. Er saß mit dem Rücken zu ihm auf einer Holzkiste und unterhielt sich angeregt mit anderen Afrikanern, die zwischen Reisegepäck auf Feldbetten lagen und auf einen kleinen Schwarzweiß-Portable starrten. Desmond war nicht dabei.
Totty übersetzte gerade, was Anthony Baffoe, Fortuna Düsseldorfs schwarzer Fußballstar, im SPORTSTUDIO zum Besten gab. Munteres Kerlchen, dachte Löffler. Und spielen kann er auch.
»Pfarrer Totty?«
»Ja?« Totty stand sofort auf und kam auf ihn zu. Schützt seine Schäfchen, überlegte Löffler. Alles Illegale.

Sie standen im Halbdunkel der Treppe. Löffler hielt Totty das Photo vor die Nase.
»Wo könnte ich ihn finden, Herr Pfarrer?« Freundlicher ging's nicht.
Totty zögerte und versuchte zu erkennen, mit wem er sprach. »Wer sind Sie?«
Nicht noch mal, dachte Löffler. Der Mann ist tot, das hab ich schon gehört. Törnt mich tierisch ab, dies Gerede. Er warf Totty ohne Vorwarnung vom oberen Treppenabsatz, sprang hinterher und hob ihn stöhnend auf. Tottys afrikanischen Gäste schielten vorsichtig um die Ecke.
»Piss off«, sagte Löffler. Seine Beretta Parabellum tat ein Übriges. Er war mit Totty wieder allein.
»Wo steckt Desmond, oder die Jungs fahren alle wieder nach Hause.«
Totty begriff nicht, aber kam zu dem Schluß, er könnte nichts falsch machen. Desmond war tot. Bei Gott, was wollte der Typ noch?
»Schuldet er Ihnen Geld?« fragte er vorsichtig.
Löffler schob ihn halb übers Geländer der Empore, wie ein Turmspringer glotzte der Pfarrer in die Tiefe. Unter ihm das Gotteshaus in voller Pracht. »Erzähl keine Scheiße«, sagte Löffler.
»Fragen Sie den Barkeeper«, stammelte Totty und breitete hilflos die Arme aus. »Vielleicht haben Sie da mehr Glück.«
Löffler zog ihn zurück auf die Empore und drückte ihm zum Abschied noch mal die Backen zusammen, wie einem kleinen Kind.
»Manchmal ist es ganz gut, wenn man keine Ahnung hat«, sagte Löffler und verließ die Kirche.

Er rief Senff im Konsulat an.
»Was Neues?« fragte der.

»Vielleicht unser Barkeeper«, sagte Löffler unschlüssig.
»Volltreffer. Bruno, mein alter Schulfreund. Hat gerade bei Logelbach einen Paß bestellt. Also, fahr zuerst zu Brunos Wohnung. Wenn du Blackie da nicht findest, stehst du um Punkt 2 Uhr bei Logelbach auf der Matte und greifst dir Bruno. Ich bleibe beim Konsul, falls er hier auftaucht. Alles klar?«
Löffler wollte schon einhängen, doch Senff hatte noch was zu sagen. Mußte wichtig sein. Nannte ihn sonst nie beim Vornamen.
»He, Carlo, bist du noch dran?«
»Ja.«
»Bruno wartet nie ab, daß irgendwas passiert. Nie. Dafür hat er 'ne Ader. Merk dir das.«

29

»Da ist doch kein Rum drin«, sagte ein Gast, der Bruno immer an den Komiker Louis de Funès erinnerte, diesen Giftzwerg, der in BRUST ODER KEULE diesen verkleideten Restaurantkritiker mimte, dem grundsätzlich nichts schmeckte und den alle Köche reinlegen wollten.
»Vat 19«, antwortete Bruno. »Trinidad Rum. Den kriegst du sonst nirgendwo.«
»Ich schmeck nichts«, stänkerte der Gast.
Dann mußt du ihn wohl pur trinken, dachte Bruno.
»Man soll die Zunge nicht betäuben«, belehrte er ihn in aller Höflichkeit, »sondern es soll harmonisieren.« Er stellte ihm einen neuen Daiquiri hin.

»Trinkst du einen mit?« fragte der Gast.

Bruno schüttelte den Kopf. Fängt der Barmann an zu tanken, gerät die ganze Bar ins Wanken, dachte er. Blöde Sinnsprüche gehörten eigentlich nicht zu seinem Repertoire, auch wenn er sich in diesem Fall daran hielt. Er trank nie mit.

In einer kurzen Zigarettenpause, in der er eine Johnny Hallyday-Cassette in den Recorder steckte, sich am Spritregal zurücklehnte und die Gäste bei den Kellnerkollegen bestellten, fiel ihm wieder Logelbach ein. Wieso war dieser Bücherwurm bloß auf Südafrika gekommen? War doch gerade eine Südafrikaner-Story in der Zeitung, hatte Logelbach schnell hinterhergeschoben. Nicht gelesen?

Bruno langte über sich in die Zeitungsablage und durchblätterte die Lokalteile von ABENDBLATT und MORGENPOST. Er konnte nichts finden. Kein Südafrikaner war in die Elbe gehüpft. Entweder es stand in der taz – die er in dem Gewühl an keinem Tisch entdecken konnte – oder Logelbach hatte sich die Geschichte schnell einfallen lassen. Der Gedanke beunruhigte ihn.

Und daß Logelbach ihm keinen Preis genannt hatte, machte ihn erst recht stutzig. Der war doch sonst so pingelig, dieser Buchhalter. Schrieb nie an und zahlte seine Schorle auf Heller und Pfennig. 3 Mark 50. Von Trinkgeld hatte der noch nichts gehört. Hastig griff er zum Telefon und verschwand damit in der Küche. Es war das erste Mal, daß ihm Johnny Hallyday auf die Nerven ging. Dabei konnte man ja sein eigenes Wort nicht verstehen.

30

Desmond erwachte durchgeschwitzt auf Brunos Sofa, nahm das klingelnde Telefon mit zum offenen Fenster und schaute benommen auf die Straße. Direkt vor seiner Nase ratterte die U-Bahn über die Trasse. Unten, auf der Straße, im Schatten der schweren Stützpfeiler, stieg gerade ein sportlicher Mann aus seinem Auto und zündete sich eine Zigarette an.
Am Telefon war Bruno. »Hast du von einem Südafrikaner gehört, der gestern vom Schiff in den Hafen gesprungen ist?«
»Keine Ahnung«, sagte Desmond und verzog sich ruckartig vom Fenster, als der Mann auf der Straße aus dem Schatten der Stahlträger trat und hochsah.
»Aber den Typ da unten kenn ich«, stellte Desmond fest.
»Wen?« fragte Bruno.
»Diesen Freak mit den Cowboystiefeln, der mir gestern hinterhergelaufen ist.«
Eine Schrecksekunde lang war Stille in der Leitung.
»Du weißt schon«, sagte Desmond, »der Typ aus der BAR.«
»Hau da sofort ab!« schrie Bruno. »Wir treffen uns in etwa zwei Stunden drüben am Pferdemarkt beim Italiener. PALERMO, hast du verstanden? Im Kleiderschrank liegt noch was zu deiner Sicherheit. Viel Glück.«
Desmond fand die Walther unter einem Stapel weißer Hemden, wechselte in aller Schnelle die verschwitzten Klamotten, steckte die Kanone ins Jackett und riskierte noch einen Blick auf die Straße.

Der Fiat stand mit der Schnauze im Licht der Peitschenlampe, aber von dem blonden Cowboy war nichts mehr zu sehen.
Löffler stand mit einer Minitaschenlampe im 2. Stock, lehnte sich an Brunos Tür und hörte nichts. Er hätte schwören können, daß er jemanden oben am Fenster gesehen hatte. Interessiert sah er sich die schwere Tür an. Die ließ sich weder eintreten noch mit der Scheckkarte öffnen. Ein Einbruch hätte ihm jetzt Spaß gemacht. Profilzylinder, gehärtete Schutzrosette, TÜV geprüft. Doch wenn da einer drin saß (was er schwer hoffen wollte), war auch sein Klinkenputzerset untauglich. Das Aufschrauben würde kein Mensch hören, aber kaum wäre der Rapidobohrer angesetzt, hätte der Schwarze auf der anderen Seite der Tür gedacht, der Zahnarzt ist da, und wäre getürmt. Bei denen sollen die Beißerchen ja von Haus aus tiptop sein, dachte er neidisch.
An der Hausfront konnte er nicht rüberklettern. Die Leute in der U-Bahn würden sagen, he, hast du gesehen, da klettert einer, da machen die einen Film. Armin Dahl, oder so. Und ein anderer würde antworten, ich kann aber keine Scheinwerfer sehen. Der hat was anderes vor. Scheiße, grinste Löffler, ich hätte mir den Joint ersparen sollen. Man denkt zuviel. Und wenn man denkt, muß man lachen und kommt nicht zum Arbeiten. Jawoll, Senff, mein lieber Chef, Dope ist irgendwie daneben. Macht einen echt konfuzius.
Er ging zum Flurfenster an der Rückseite, holte tief Luft, hustete leise und sah einen Balkon. Brunos Balkon. Er hob die rechte Fensterhälfte aus den Angeln, hockte sich aufs Fensterbrett, hielt sich an der Regenrinne fest und sprang. Die paar Meter. Das Balkongeländer war rostig, gab nach, und er zap-

pelte über dem Hof. Er sah nach unten und schätzte die Parkbuchten. Circa 20 im Karree. Keine Autos. Nur Beton. Das Eisen knarrte bedrohlich in der Verankerung. Er schwang sich mit den Beinen nach oben und hing gerade mit den Kniekehlen in Brunos Nylonwäscheleinen, als das Geländer nachgab und samt Mauerwerk in die Tiefe stürzte. Er horchte hinterher. Der Fall kam ihm ewig vor. Die Nylonleinen dehnten sich. Er zog sich sicherheitshalber hoch. Man kann ja nie wissen.
Dem Balkon fehlte ein Geländer, aber er hatte keine Baulaterne zur Hand. War ja auch egal, wer sollte hier schon spazieren gehen. Er schlug mit dem Pistolenknauf ein Loch in die Glastür, knapp neben den Rahmen, damit nicht alles zu Bruch ging, doch groß genug, um sich nicht zu schneiden. Dann langte er nach innen, öffnete die Tür, stürzte durch die Küche in den Flur und trat, die Knarre im Anschlag, die nächste Tür auf. Der riesige Raum war leer. Schöne Scheiße, dachte Löffler. Das Vögelchen war ausgeflogen, und er war ziemlich abgeturnt. Vielleicht hätte er einfach klingeln sollen. Er griff zum Telefon und wählte.
»Generalkonsulat Republik Südafrika«, meldete sich eine Stimme.
»Herrn Senff, bitte«, sagte Löffler.
»Ja?« meldete sich Senff nach kurzer Zeit.
»Ich bin beim Barmann in der Wohnung. Keiner mehr da.«
»Du warst an ihm dran?«
»Kann noch nicht weit sein«, sagte Löffler und verspürte das dringende Bedürfnis nach Schokolade. Irgendwas Süßes jedenfalls.
»Brunos Stammlokal«, sagte Senff plötzlich. »Ein Italiener, verdammt, wo war der noch …«

»Hab ich vor Augen«, unterbrach ihn Löffler.
»Wieso?«
»Hier hängt ein Photo an der Wand. Ristorante PALERMO. Der Barmann ist drauf, viele Italiener und so ein Riesenvieh.«
»Ja, genau. Jetzt ist es halb zwölf. Wenn er da nicht ist, ruf mich wieder an. Kennst du eigentlich Alfons?«
»Nie gehört«, sagte Löffler, den Hörer an die Schulter geklemmt, während er den Kühlschrank nach Sweeties durchkämmte.
»Van Vliets Bodyguard«, erklärte Senff. »Markiert hier den Harten.«
Keine Eiscreme, keine Schokolade, kein Fruchtjoghurt. Nichts.
»Alfons? Was ist denn das für ein Name?« sagte Löffler und schlug den beschissenen Kühlschrank zu.

31

Desmond saß abgehetzt am Tresen des italienischen Restaurants und öffnete Krawatte und Hemdkragen.
Oh, Mann, das hätte ins Auge gehen können. Der blonde Cowboy hatte schon im Dunkeln vor der Wohnungstür gestanden, Desmond hatte im letzten Moment den Reflex seiner Taschenlampe über den Türspion huschen sehen. Am liebsten hätte er mit der Walther durch die Tür geschossen, und der Mann hätte auf dem Fußabtreter seine letzten Mi-

nuten erlebt. Aber das machte Fats auch nicht mehr lebendig. Dann war minutenlang nichts passiert, bis er von hinten einen dumpfen Knall hörte, mit Brunos Knarre in die Küche lief, den Kerl in den Wäscheleinen hängen sah, sich umdrehte, die Wohnungstür aufriß, die Treppenstufen vierfach nahm und auf die Straße gerannt war.

Im Vorderraum reichte der kleine, dicke Barbesitzer Eiswaffeln über die Glasvitrine. Kaum hatte sich Desmond einen Espresso bestellt, war er umringt von Marinesoldaten. Etwa 10 GI's, die meisten schwarz, und er war automatisch eingeladen. Sie schütteten sich auf die Schnelle ein Bier nach dem anderen rein. *A last drink. Come on, guys five minutes.* Genauso schnell, wie sie gekommen waren, waren sie auch verschwunden. Und Desmond saß wieder alleine am Tresen. Der Barbesitzer lehnte sich zu ihm rüber und deutete auf seine Uhr.

»Eleven fifty five! Deine Kollegen schon auf dem Schiff, you understand? I know you, I'm from Naples, Napoli. It's better to go on ship back! Ritorno, okay!«

Ein Gast wollte ihn schon die ganze Zeit korrigieren. »Go to ship, before the captain angry. So heißt das!«

»So? Wenn du alles besser weißt, dann bring ihn mal selbst zurück!«

So war das doch nicht gemeint, sagte der vollbärtige Gast jetzt, doch Desmond hörte ihrer weiteren Debatte nicht mehr zu.

In Gedanken sah er zum 9. Stock des John Vorster Buildings hoch, dorthin wo die Sicherheitspolizei saß und wo eine Scheibe ein großes Loch hatte. Nur noch ein paar Scherben hingen oben im Fensterrahmen, alles andere war mit seiner Schwester zur Erde

gesaust. Und Henk Bassers, alias Van Vliet, stand noch oben und trank seinen Tee. Earl Grey mit Kluntjes.
Plötzlich sah er Löffler im Vorderraum an der Eisbar stehen. Der Italiener sagte dem blonden Freak zum wiederholten Male, nein, mein Herr, das Eis mit den Rosinen, also Malaga, das ist wirklich alle, finito, das sehen Sie doch selbst, da ist die leere Eisbox, und Malaga ist nicht mehr drin.
Desmond rutschte vorsichtig von seinem Barhocker. Noch hatte ihn Löffler nicht gesehen. Der Italiener breitete fragend die Arme aus. Löffler tippte auf Stracciatella. Desmond machte drei Schritte in Richtung Keller. Plötzlich fiel ihm der Kampfhund ein. Der Italiener gab Löffler die Eiswaffel. Mein Gott, wie hieß er noch? Desmond war am Treppenabgang. Mastroianni? Fellini? Rossellini? Er hatte die Hand an der Walther. Löffler leckte zufrieden an der schokoladengesprenkelten Eiswaffel, sein Blick fiel direkt auf Desmond. Desmond ging weiter. Löffler ließ das Eis fallen. Desmond stürzte hinunter in den Keller, vorbei an den Toiletten und bremste vor der letzten Tür. Wie hieß der Köter? Auf der Treppe hörte er hastige Schritte. Er drückte die Klinke runter und rief *Visconti!* Im Halbdunkel erkannte er den verschlafenen Hund, der mit dem Schwanz wedelte. Er tätschelte ihn am Kopf, zog gleichzeitig die Tür zur Kegelbahn auf, lief an der Bahn entlang und kam durch den Notausgang ins Freie.
Er sprintete los. Hinter sich hörte er ein ärgerliches Bellen. Visconti schien es nicht zu passen, daß der nächste Besucher seinen Namen nicht wußte. Das Bellen entwickelte sich zu einem Höllengekläff, dann hörte Desmond einen Schrei und dann einen Schuß. Er zog sich an der Hinterhofgarage hoch.

Leise vernahm er noch Stöhnen und Jaulen zugleich, schließlich war Ruhe. Der Freak mit den Cowboystiefeln würde nicht mehr auf die Beine kommen.
Desmond sprang von der Garage.
Er sah seine Schwester auf dem Trottoir des John Vorster Square liegen. Ein Zeitungsphoto, grob gerastert, sie standen in Mofolo South, unmittelbar am Bahndamm, und er mußte die Zeitung enorm festhalten, als der Zug nach Johannesburg vorbeirauschte, und Fats hatte ihn an sich gedrückt, sonst wäre er verrückt geworden.
Als er auf die Straße trat, fühlte er sich befreit.
Ein Wiedersehen mit Henk Bassers war unvermeidlich.
Vielleicht lief er in eine Falle, es war ihm egal. Diesmal würde es keinen Ijzerman geben, der wie ein Idiot auf Bassers Schoß saß und ihm die Schußbahn versperrte.
Er rief sich ein Taxi. Irgendwo in Pöseldorf, abseits des Konsulats, stieg er aus und machte einen zielstrebigen Spaziergang am Alsterufer. Brunos Knarre steckte er sich in den Rücken. Da sah sie kein Mensch.

32

Bruno stand noch in der CHRISTOBAL BAR und machte sich mit dem Gedanken vertraut, Desmond auch ohne Paß über die Grenze zu bringen. Logelbach hatte Senff den Tip gegeben. Logelbach, der Spitzel, und Senff, der Bulle. Pustekuchen. Hat sich

was mit Bulle. Er rief im PALERMO an, um zu sehen, ob Desmond schon angekommen war. Luciano hob ab.
»Come stai?« fragte Bruno.
»Scheiße, Bruno«, sagte der kleine Dicke.
»Per che?«
»Da hat gerade so ein Arschloch meinen Hund erschossen. Ihm selbst geht's aber auch nicht gut, und deshalb wollen mir die Bullen was wegen falscher Hundeführung anhängen.«
»Bin gleich da«, sagte Bruno und hängte ein. Er ging zum anderen Ende der Bar, wo einer in Motorradcombi saß.
»Den Schlüssel«, sagte Bruno.
»Was?«
»Und den Helm.«
Der Motorradfreak begriff gar nichts.
»Leih mir deine Maschine«, sagte Bruno, »und du kriegst dein Gesöff hier lebenslang.«
»Die hab ich doch noch nie verliehen!«
»Rechne ich dir auch hoch an«, erwiderte Bruno und nahm den Schlüssel in Empfang.
Er startete auf die 450er Enduro Cross. Seit Yangs Tod hatte er nie wieder auf so einem Motorrad gesessen. Aber er wußte noch genau, wie es ging. Und als er für einige Meter nur auf dem Hinterrad stand und mit einem Affenzahn über die Kreuzung schoß, war er wieder der alte Rocker. Beim PALERMO sah er Löffler, übel zugerichtet, der auf einer Krankenbahre rausgetragen wurde. Luciano schimpfte. Von Desmond war nichts zu sehen. Bruno raste auf der Cross Maschine weiter.
Richtung Alster.

33

Es war schon weit nach Mitternacht, als Desmond das Konsulat erreichte. Vor der Tür stand ein Jaguar. Im Obergeschoß sah er einen langen Schatten an der Decke, der immer kürzer wurde, bis Van Vliet in das große Fenster trat. In Gedanken hatte ihn Desmond gerade erschossen. Doch soweit war es noch nicht. Van Vliet lief auf und ab. Die Straße war leer. Desmond sprang über den Stahlzaun und lief schnell in den Schatten des Gebäudes.

Verwundert stellte er fest, daß sich die Schleusentür öffnen ließ. Er hielt die erste Tür fest, um nicht eingesperrt zu werden, und streckte sich zur zweiten Tür. Auch sie gab nach. Er zog die erste wieder zu und stand im Marmorfoyer des Konsulats.

Aus einem Nebenraum drang der selbstverliebte Kommentar eines Tennisreporters. Desmond spähte durch die Tür. Im Sessel war ein Mann vor dem Fernseher eingeschlafen. Der eingebildete Privat-TV-Reporter erklärte gerade den blöden Zuschauern, wo Australien liegt: »Am anderen Ende der Welt, aber wem erzähl ich das …« Desmond trat langsam näher. Alles etwas seltsam, dachte er, die Walther auf den schlafenden Mann gerichtet. Vorsichtig griff er mit der freien Hand nach der Waffe, die auf seinem Schoß lag. Der Mann merkte nichts. Sein Kopf hing schlaff auf der Seite und er hatte die Hände über der Fernsehzeitung gefaltet, die auf seinem Bauch lag. Ganz selig. Aber der Mann schlief nicht. Desmond zog die FUNK UHR weg. Der Mann hatte ein Loch in der Weste und war mausetot.

Desmond wich zurück und ging in die Halle. An der

Treppe hing die südafrikanische Flagge und am oberen Ende ein großes Bild unter Glas. Eine Burenfarm, auf der Schwarze Zuckerrohr mit der Hand schlagen. Ein Weißer mit strammen Strumpfwaden überwachte die Arbeiten. Alle sahen glücklich aus.
Er schlich über den roten Sisalteppich. Dann sah er Van Vliet vor sich. Stand im Konsulatsraum und beugte sich über Bücher. Zwei, drei Schritte und er hielt ihm die Walther an den Kopf.
»Bassers, wen erwartest du?«
Van Vliet sagte nichts. Desmond durchsuchte ihn mit einer Hand.
»Du wußtest, daß ich komme. Warum hast du keine Waffe?« fragte Desmond.
»Ich weiß, daß du schießen kannst«, sagte Van Vliet, »das hast du ja bei deiner Flucht damals bewiesen. Aber jetzt, jetzt fragst du nach einer Waffe, weil du merkst, daß dein Haß nicht ausreicht, einen Unbewaffneten zu töten.«
»Deine Waffe ist ein kranker Geist«, sagte Desmond.
Van Vliet trat hinter seinen Schreibtisch.
»Laß die Hände oben!« befahl Desmond.
»Du und deine Leute«, schäumte Van Vliet. »Ihr habt mich auf diesen Nebenschauplatz vertrieben.«
Desmond lachte spöttisch. »Ach, haben sie den Scharfmacher an die Leine gelegt, ja?« Er spuckte Van Vliet vor die Füße. »Ich glaube dir kein Wort. Was für Geschäfte machst du hier? Ich gebe dir ein paar Sekunden!«
»Du weißt es doch«, sagte Van Vliet.
Was, zum Teufel, soll ich wissen, dachte Desmond, verlor die Geduld und haute ihn mit einem Schlag von den Füßen. Trat ihm in die Rippen, was das Zeug hielt.

»Konsul? Willst du mir das erzählen? Du, ein Wolf im Schafspelz?«

Van Vliet stand benommen auf. Niemand kam ihm zu Hilfe. Wie erwartet. Jansen hatte ihn abgehakt. Senff würde erst kommen, wenn er es für richtig hielt, wenn er genug gehört hatte und sicher war, daß Street über Jansens Geschäfte nichts wußte. Nur das interessierte Senff noch. Erst dann würde er kommen und zuerst auf ihn schießen, da war er sich ganz sicher ... Doch soweit würde es nicht kommen. Er lächelte ruhig und ließ sich in seinen schweren Ledersessel fallen.

Desmonds Stimme war heiser. »Du bist und bleibst Rassist.«

»Nein«, sagte Van Vliet, »ich bin für getrennte Entwicklung. Aber auch in Europa habe ich nicht die Überzeugung verloren, daß ihr euch ohne Kontrolle zurückentwickelt ...«

Was redet der für Quatsch, dachte Senff, der im Nebenraum mithörte. Hält ja keine Sau aus. Um Blackie tat's ihm irgendwie leid. Total harmlos, der Junge – und konnte perfekt Trompete spielen. Er entsicherte die Sig Sauer. Dieser Wellblechhütten-Sound war Super. Damit war's nun vorbei, und Löffler sollte ihm bloß nichts mehr von Afroscheiße erzählen, dieser Kiffbruder. Er betrat den Konsulatsraum. Desmond hatte ihm den Rücken zugewandt und nichts bemerkt. Senff richtete seine Kanone auf Van Vliet, der am Schreibtisch saß. Meine Güte, Alfons, dachte Van Vliet, jetzt, wo ich dich brauche, bist du bei der Australian Open eingeschlafen und träumst von Tennisbällen.

»Überzeugen kann man euch sowieso nicht«, fuhr der Konsul fort und griff unter die Schreibtischplatte. »Wozu auch. Trotz deiner Knarre, Street ...«

Desmond registrierte eine ruckartige Handbewegung Van Vliets.
Plötzlich hatte Van Vliet einen nickelbeschlagenen Revolver in der Hand. Verblüfft sah Desmond, daß er an ihm vorbeizielte. Im Gesicht des Konsuls spiegelte sich Triumph. Hatte den richtigen Riecher gehabt. Senff und er. Zwei Schüsse fielen. Van Vliet warf es mit aller Wucht nach hinten, zurück in den Ledersessel. Sein grauer Anzug saß noch immer maßgeschneidert. Desmond riß die Walther zur Tür herum, doch da stand Senff – beinahe traurig sah er aus – und Desmond wußte, gleich bin ich tot. Einmal noch jagte er gedankenspringend um den Globus, nach Soweto, zu Fats und Isabelle, und als er seine Tochter vor Augen hatte, Jabu, da zerriß ein Schuß sein Herz und alle Träume.
Senff trat näher, hielt sich seinen angeschossenen Arm und warf noch einen erstaunten Blick auf Van Vliet.
Hätte mich doch glatt umgelegt, der Kerl.
Wie gut, daß ich seinen Bodyguard schon vorher ausgeschaltet habe. Wie hieß er noch? Alfons? Was für ein Name!

34

Bruno erreichte die Alster. Er fürchtete, zu spät zu kommen. Der einsetzende Nieselregen machte die Straße seifig.
Er kam den Harvestehuder Weg hoch, sah Senff beim Konsulat auf die Straße treten und wußte, er

kam zu spät. Der Killer hatte seinen Job gemacht. Er sah ihn und hatte plötzlich den *Algier-Affekt* wieder vor Augen, dieses Ich-oder-er, ganz genauso wie damals mit seinem Stubenkamerad Frederic in der Kasbah, wo es drauf angekommen war. Ein Schauer schüttelte ihn, Wut und Trauer bemächtigten sich seiner, trieben ihm für den Bruchteil von Sekunden Tränen in die Augen, einmalige Gefühle, die er sich und seinem Alter gar nicht mehr zugetraut hatte. In diesem knappen Moment war alles richtig, war alles lebendig.

Er gab Gas. Schnurgerade raste die Maschine auf Senff zu. Senff hob erstaunt die Waffe. Noch 20 Meter. Er schoß. Bruno spürte einen heftigen Schlag im rechten Arm. Noch 10 Meter. Senff wußte nicht wohin. Trat von einem Bein auf das andere, wie einer, der mitten auf der Straße bemerkt, daß die Ampelphase schon Rot ist. Knallrot. Da hatte ihn Bruno schon auf die Hörner genommen. Senff hörte in seinem Innern etwas reißen. Kam ihm schrecklich bekannt vor. Als ob so ein anatolisches Arschloch auf seinen Sattelschlepper sprang und die Plane aufschlitzte, während er vorne in der Koje lag. Ratsch. Das Schutzblech gehörte verboten. Er konnte nicht schreien. Ein Blutstrudel füllte seinen Mund. Er wirbelte zur Seite und schlug auf dem Asphalt auf. Brunos rotes Rücklicht entfernte sich rasend schnell auf der Pfütze, direkt vor seiner Nase. *Bruno von der schnellen Truppe,* dachte Senff zum Schluß. Ein schöner Titel. Verdammte Scheiße. Beim Anblick der roten Pfütze fühlte er sich blutleer. Und kalt. Mitten im Hochsommer.

Der liegt flach, dachte Bruno, versuchte die Balance zu halten und sah das Hindernis. Die Enduro schlidderte in Schräglage weiter, bis sie auf den Bordstein traf und Bruno in hohem Bogen in eine Hecke warf. Als Bruno wieder zu Bewußtsein kam, die hübsche Schwester und den eingegipsten Arm sah, wußte er, daß er nach 20 Jahren mal ein paar Wochen Pause machen mußte. Er griff nach dem Bügel über seinem Krankenbett, zog sich hoch und langte nach dem Pflaumensaft, den ihm wohl Rita mitgebracht hatte, und schenkte ein. Ein erster, linkshändiger Test. Etwas umständlich zwar, aber zielsicher. Ohne Kleckerei.

Trotzdem, als *einarmiger* Barkeeper brauchte er es gar nicht erst zu versuchen, das sah er sofort. Irgendwann käme einer von diesen Hobbymixern (beleidigt, weil er ihnen nicht ständig alle Rezepte verriet), würde sich scheinheilig über den Tresen lehnen und sagen:

»Also, weißt du, das mit dem gebrochenen Arm tut mir wirklich leid, aber den El Presidente bin ich echt anders gewöhnt. Curaçao, Lime, Grenadine, und Vermouth – o. k., das schmeck ich raus. Aber, jetzt mal ehrlich, Bruno, den Rum hast du neben das Glas geschüttet.«

EPILOG

Drei Monate später, an einem kühlen Herbsttag, trödelte Rudi Lüders, der Postbote, durch die Sozialbunker am Eidelsteder Weg. Terror, der Lieblingsköter aller Kinder, begleitete ihn durch sämtliche Wohnkomplexe und nervte tödlich. Er hatte ihn zwar nie ins Bein gebissen, was so gerne behauptet wurde, aber ebensowenig konnte er für nur 5 Minuten die Schnauze halten. In 66 stand die kleine Süße mit den Rastazöpfen, Mabaso, 8. Stock, und wartete auf den Klapperlift. Terror betrat in seinem Schlepptau die Eingangshalle und begrüßte Jabu begeistert. Eine Wohltat, dachte Lüders, der Köter kläfft nicht mehr.

»Ganz schön kalt heute, nicht?« fragte er Jabu.

»Nö.«

»Na, du mußt das doch kalt finden«, sagte Lüders und schmiß die idiotischen Hauswurfsendungen aus den Kästen. Da bekam man ja keinen Brief mehr untergebracht.

»Wieso?« fragte Jabu.

»Bei euch scheint doch immer die Sonne«, antwortete Lüders und lächelte freundlich.

Jabu sah ihn verständnislos an. »Bei uns nicht und im Kindergarten auch nicht.« Wo kommt der denn her, vom Mond, oder wo.

Lüders blickte erstaunt auf.

»Aber da, wo mein Vater herkommt«, fügte sie erklärend hinzu, »da scheint die Sonne!«

Der Postbote lachte verlegen.

Jabu verschwand mit einem aufmunternden Lachen im Lift.

Nachdenklich schob Lüders sein Fahrrad durch den Hof.
»Komm, Terror, wir müssen noch in 68.«
Nicht jeder ist Afrikaner, dachte er.
Auch wenn's so aussieht.

GLOSSAR

Afrikaaner Weerstandsbewegning Rechtsradikale, militante Burenvereinigung von Afrikaaner-Nationalisten, die die reine Rassenlehre predigen und für den weißen Volksstaat eintreten.

ANC African National Congress. Stärkste politische Organisation der Schwarzen Südafrikas. 1960 verboten, 1990 wieder zugelassen. Präsident ist Oliver Tambo. Der zu lebenslanger Haft verurteilte ANC-Führer Nelson Mandela, ehemaliger Rechtsanwalt und Symbolfigur des schwarzen Widerstandes gegen die Apartheid, wurde am 11.2.1990 nach fast 28jähriger Haftzeit aus dem Gefängnis entlassen.

Biko Steve Biko. Treibende intellektuelle Kraft des BLACK CONCIOUSNESS MOVEMENT (BCM). Biko trat (für eine Übergangszeit) für eine ausschließlich schwarze afrikanische Organisation ein und kam, nach dem 1976 vom BCM mitorganisierten Soweto-Schüleraufstand, im Oktober 1977 in der Polizeihaft um.

CRS Compagnies Republicaines des Securité. Mobiles Einsatzkommando in Frankreich.

Regis Debray Französischer Marxist, Professor für Philosophie, politischer Essayist mit engen

Kontakten zu Fidel Castro. Arbeitete die kubanische Revolutionsgeschichte auf.

F. L. N. Front de Libération Nationale (Algerische Befreiungsbewegung).

Konserwatiwen Konservative Partei Südafrikas. Rechte Abspaltung (1982) von den Nasionalen. Bewahrer der reinen Apartheidslehre.

Lubowski AntonLubowski.Deutschstämmiger Rechtsanwalt in Namibia. Erstes weißes Mitglied in der Namibischen Befreiungsbewegung SWAPO und seit 1988 Mitglied im SWAPO Sekretariat. Galt als enger Vertrauter Nujomas.

Mzwakhe Mzwakhe Mbuli. Landesweit bekannter südafrikanischer Dichter und Musiker, der aufgrund seiner radikalen Texte in der Illegalität lebte und seine Platte »Change is Pain« in einem Untergrundstudio aufnahm.

Nasionalen Nasionale Party. Seit 1948 ununterbrochen an der Macht. Baute die Apartheidspolitik aus.

Nujoma Sam Nujoma. SWAPO-Präsident, kehrte nach 30jährigem Exil am 14. 9. 1989 nach Namibia zurück.

OAS Organisation de l'Armée Secrète. Geheime Armeeorganisation. Extrem rechtsnationalistische Untergrundbewegung, die durch Terroraktionen in Algerien und Frankreich, gegen F.L.N. und de Gaulle, die Unabhängigkeit Algeriens verhindern wollte. Viele ehemalige deutsche Nationalsozialisten fanden in der OAS eine neue Heimat.

PAC Panafricanist Congress of Azania. Zweitgrößte oppositionelle Organisation. Abspaltung vom ANC und ebenfalls 1960 verboten.

Riot Police Spezialeinheit der Südafrikanischen Polizei zur Niederschlagung von Aufständen.

SWAPO South West Africa People's Organization (Namibische Freiheitsbewegung).

Tiger Miliz Rechtsradikale christliche Falange Miliz des Parteichefs der Nationalliberalen Partei Camille Chamoun, mit dem militärisch-politischen Ziel der Vertreibung aller Palästinenser und des Aufbaus eines maronitisch-christlichen Libanons.

UDF Bündnis von mehr als 500 oppositionellen Organisationen Südafrikas.

Weiße Wölfe Rechtsextremistische südafrikanische Terrorgruppe.

KRIMIS BEI ROTBUCH

Lars Becker
AMIGO

Irgend jemand hat Amigo im italienischen Bauernhof-Exil umlegen wollen. Vielleicht die Ex-Genossen von der Revolutionären Front, vielleicht ortsansässige Professionelle. Sicher ist nur, daß Amigo trotz ausgeschriebener Fahndung nach Hamburg zurück muß, denn die regelmäßigen Überweisungen aus der Kriegskasse sind ausgeblieben. Yuppietown verträgt sich nicht mit dem wortkargen Exterroristen. Lakonisch werden ein ausgelaugter Barmixer gegen einen liberalen Bullen gesetzt, Neuchaoten aus der Hafenstraße gegen Altlinke in Kaschmir und kleinkriminelle Kids gegen große Koksabsahner. Ohne psychologischen Firlefanz und moralische Attitüde nimmt sich der Filmemacher Lars Becker den Schnee von gestern und die Gewalt von heute zum Thema. Sein kurzer, knapper Stil geizt mit Worten. Ein seltenes Talent, inspiriert von der amerikanischen Schule, erobert die deutsche Krimilandschaft.

Rotbuch Taschenbuch 44

Pieke Biermann
HERZRASEN

Berlin, Mitte Februar 1992. »Jedenfalls kann ich *die* einfach *alle* nicht riechen!« raunzt KHK Roboldt, Detlev. Er meint *die* Ossis und ahnt noch nicht, daß er einen von ihnen verdammt gut riechen können wird. Der heißt auch Detlef, stammt aus Leipzig und ist schwarz – »muß es denn gleich beides sein?!« Sonst regieren die engen und kalten Herzen. Größe und Wärme sind rar in der deutschen Hauptstadt. Oder Handelsware, wie die ekligen Würste der Imbißbude Barbiecue zwischen Rosa-Luxemburg-Platz und Oranienburger Straße. Es stinkt vieles zum grauen Himmel. Nur die menschliche Wärme nicht, die weiter fest verschlossen in den Einmachgläsern des Schnüffelstaates klemmt. Ein Kind ist ermordet worden, die ost-westlichen Eltern sind verschwunden. Das MI/3 schlittert auf unbekanntem Grund durch dunkle, klamme Gegenden. Das Herz der Mulackei ist tot. Die Suche nach deutschen Herzen ist crime-in-progress. Und wieder wird es *die Anderen* erwischen. Die MIGRÄNE hat die Nase voll von vielem, aber vor allem von einem, der seine Duftmarke allzu deutlich setzt. Und ausgerechnet der Erste Kriminalhauptkommissar Lietze, Karin, träumt: »Die Polizei rufen. Sinnlos. Wozu. Gegen das hier?« Berlin ist größer geworden und enger.

Rotbuch Taschenbuch 80

KRIMIS BEI ROTBUCH

Tony Fennelly
DIE MATTY SINCLAIR TRILOGIE
Mord auf der Klappe, Bärendienst, Robins Hochzeit

Alle drei Matty-Sinclair-Krimis in einem Band!
Matty Sinclair, Antiquitätenhändler und Gelegenheits-Privatdetektiv mit versehentlichen heterosexuellen Abschweifungen, beherrscht die Szene in New Orleans. Kein Geheimnis bleibt ihm verborgen, kein Anblick erspart. Sein Revier erstreckt sich von der Herrentoilette im schwulen Sub bis zur Prachtvilla des feinsten französischen Stadtadels.
Sein treuer Begleiter heißt Robin, ein zartgliedriger Geliebter, »irgendsowas um die achtzehn«, der ihm tatkräftig zur Hand, ab und zu an die Wäsche und manchmal ziemlich auf die Nerven geht.
»Diese drei Krimis haben Tony Fennelly zur Kult-Autorin gemacht.« *Ron P. Snow, L.A. Chronicle*
»Whow!« *Felicita Beach, San Diego News*
Rotbuch Taschenbuch 74

Tony Fennelly
BÄRENDIENST

Matty Sinclair ist nicht ganz bei sich. Gelegentliche Absencen suchen den schwulen Antiquitätenhändler und Gelegenheits-Privatdetektiv heim. Jemand hat sein Epilepsiemittel verdünnt. Er fürchtet das Schlimmste, vor allem für seine teuren Jacketkronen, wenn hilfreiche Passanten versuchen, ihm Keile zwischen die knirschenden Zähne zu treiben. Zudem findet sich die Leiche eines Grundstückspekulanten im Schrank, mit der er justament zur Zeit seiner Weggetretenheit einen Termin gehabt hätte.
Rotbuch Taschenbuch 45

KRIMIS BEI ROTBUCH

Mark Timlin
DIE FRAU IM ROLLSTUHL

Es gibt ihn also doch, den zeitgenössischen europäischen harten Privatdetektiv aus der amerikanischen Schule von Chandler und Hammet. Der Brite Mark Timlin hat ihn erfunden. Er heißt Nick Sharman, ist gefeuerter Ex-Bulle und war ein bißchen korrupt und kokainsüchtig. Jetzt säuft er nur noch und hat sein Büro in Londons wildem Süden. Der Fall, den er untersuchen soll, ist alt, und alle Spuren sind erkaltet. Nur sein chronisch abgeräumtes Konto bewegt Nick Sharman dazu, ein Schrotflintenmassaker zu untersuchen. So richtig in die Gänge kommt er allerdings erst, als er beinahe Opfer eines Anschlags wird, zusammen mit seiner Tochter, auf die er als Wochenend-Scheidungsvater aufpassen soll. In der Glitzerwelt von Mayfair und auf den heruntergekommenen Straßen von Südlondon geht ihm allerhand verloren. Unter anderem die Frau seines Lebens, aber es wäre ohnehin nicht die erste gewesen.
Rotbuch Taschenbuch 83

Jerome Charyn
DER GUTE BULLE

Als man den obersten Polizisten New Yorks fragt, ob die Stadt von der Mafia zu kurieren sei, antwortet er: »Es gibt nichts zu kurieren. Die Mafia ist Big Business. Aber sie wird nicht an der Börse notiert. Sie braucht keine Börse. Sie braucht nur Bürger, die von der Stadtverwaltung nicht bekommen, was sie brauchen.« Ein Bulle, der so spricht, lebt gefährlich. Ein paar Wochen später verhaftet ihn die Abteilung für polizeiinterne Angelegenheiten. Anklage: Korruption.
»Das ist das New York der Gegenwart, besser als *Fegefeuer der Eitelkeiten*. Es ist eine absolut schwarze, bewegende Vision.«
James Ellroy
Rotbuch Taschenbuch 64

KRIMIS BEI ROTBUCH

William Marshall
POSTLAGERND JENSEITS

– Wußten Sie, daß nach taoistischer Sitte die Leichen nach drei Jahren wieder ausgegraben, die Knochen in eine Urne gelegt und erneut beerdigt werden? Deshalb garantiert in Hongkong auch eine *Gesellschaft für die unbehüteten Knochen* die Verweildauer und Grabesruhe Verstorbener ohne Hinterbliebene.
– Wußten Sie, daß Sikhs niemals blauäugig sind? Deshalb muß ein britischer Under-cover-Polizist, auf der Suche nach dem Postsack-Attentäter, nicht nur einen Turban, sondern auch ein Sonnenbrille tragen.
– Wußten Sie, daß sich zu einer bestimmten Jahreszeit die Küstengewässer von Hongkong in eine brodelnde Suppe aus Meeresquallen verwandeln? Deshalb haben die Glatzenträger unter den rotchinesischen Flüchtlingen die besseren Chancen, den Suchscheinwerfern der Küstenboote zu entgehen.
Endzeitstimmung in der britischen Kronkolonie Hongkong: Der Pachtvertrag mit China läuft aus, die Hysterie geht um. Alles wird versucht, und nichts geht mehr. Der rote Drache lauert am Festland und schickt Lebenszeichen in Form von unvollständigen Leichen. Baut sich jemand im kommunistischen China einen Frankenstein zusammen?
Rotbuch Taschenbuch 82

KRIMIS BEI ROTBUCH

Jeremiah F. Healy III
GUTEN ABEND, GUTE NACHT

Der Fall ist glasklar: Eine Collegestudentin liegt erschossen im Keller. Ihr schwarzer Freund hält die rauchende Kanone in der Hand und gesteht seine Schuld – in einer Selbsterfahrungs- und Therapiegruppe. Der Privatdetektiv John Cuddy weiß eigentlich nicht, was er da noch tun soll, aber er schuldet einem alten schwarzen Freund einen Gefallen. Er fördert diverse Liebhaber des Opfers zutage, einen geschwätzigen Modepsychiater, einen schießwütigen Cop, einen bedröhnten Studenten, einen von Inzestbegierden geplagten Vater, alle mit wasserdichten Alibis. Doch dann bringt Cuddy etwas in Erfahrung, was dem Fall eine ungeahnte Wendung gibt …
Rotbuch Taschenbuch 62

Norbert Klugmann
FEUER UND FLAMINGO

Feuer ist Privatdetektiv und verliebt. Bei der Recherche in einem Nahrungsmittelskandal trifft er auf die Journalistin Laila:
»Ist was?« Laila schmiegt sich an Feuer. Er schüttelt wild den Kopf. »Dann spar dir deine Traurigkeit für die postkoitale Phase auf und zieh dich aus. Licht oder Kerze? Ich hasse Kerzen.«
Feuer schluckt und blickt um sich. »Eine mächtige Befeuerung. Wie auf dem Flughafen.«
»Da kommt sie auch her«, sagt Laila, »aus Finkenwerder, wo alle Jubeljahre mal eine Maschine falsch runterkommt.«
»Was runterkommt, muß erst mal hochgekommen sein«, murmelt Feuer.
Rotbuch Taschenbuch 61

KIMIS BEI ROTBUCH

Jerome Charyn
MARYLIN THE WILD

Marylin ist schön, jung, hat einen galoppierenden Verbrauch an Ehemännern, ein starkes Gefühl für Unabhängigkeit und eine Schwäche für Manfred Coen, genannt Blue Eyes. Der ist Cop und die rechte Hand von Isaac Sidel, dem großen blonden jüdischen Bullen von der Lower East Side. Der wird mit allem fertig, was in seinem heruntergekommenen Revier passiert, nur nicht mit seiner Tochter. Das wissen seine Feinde und halten sich an die wilde Marylin.
»Den Verklemmten empfehle ich die Romane Jerome Charyns, eines jüdischen Schriftstellers aus der Bronx, in dessen Krimis alle Personen, Gangster und Bullen, Juden sind.« *Daniel Cohn-Bendit, Pflasterstrand*
Rotbuch Taschenbuch 69

Lia Matera
STUDENTENFUTTER

Willa Jansson studiert in San Francisco und ist auf dem Weg zu einem ausgezeichneten Examen. Die Jagd der Studenten auf die Jobs ist gnadenlos. Es winken karriereträchtige Wallstreetangebote oder fette Regierungsposten, selbst die liberalen Kanzleien wollen ein Sternchen im Abschluß. Eine Mordserie unter den Jahrgangsbesten erschüttert die Fakultät und hetzt Althippies, Karriereanwälte, Penner und zerstreute Professoren aufeinander. Willa Jansson sitzt im Auge des Taifuns als mögliches Opfer und Hauptverdächtige. Und dann verliebt sie sich auch noch in den politischen Gegner …
Sara Paretzky und Sue Grafton haben Gesellschaft bekommen: »Lia Matera hat die Gabe für den ganz großen Durchbruch.« *Newsweek*
Rotbuch Taschenbuch 68

KRIMIS BEI ROTBUCH

Pieke Biermann
VIOLETTA

Das Gewitter war überfällig wie eine Blutung ... seit Wochen. Niemand lachte mehr über den Spruch der letzten Saison: »Haben Sie heute schon ozongelocht«. Die gequälten Berliner entwickelten eine Ahnung davon, daß die Sonne ein verdammt gewalttätiger Planet sein kann. Im letzten heißen Sommer der Insel West-Berlin, bevor die Ungarn die ersten Laufmaschen in den eisernen Vorhang gerissen hatten, gehen die Gespenster um:

z.B. der Stempler: Frauenleichen tragen in Sütterlinschrift den Anfangsbuchstaben ihrer Nationalität auf der Stirn: C wie Chilenin, zuletzt P wie Polin

z.B. der Handkantenfreak: mit Karateschlägen gegen die Halsschlagader umgebrachte Männerleichen finden sich an: sauber erledigt nach offensichtlich vollzogenem Geschlechtsverkehr

z.B. Violetta: schlank, durchtrainiert und begehrenswert wie gerade dem Lotterbett entstiegen, ein Weitwinkelobjektiv stets im Anschlag

Rotbuch Taschenbuch 22